사피엔스 한국문학 | 김유정
중·단편소설 | 봄·봄 | 동백꽃
01 | 금 따는 콩밭 | 만무방

『사피엔스²¹』

사피엔스 한국문학 중·단편소설 01
김유정 봄·봄

1판 1쇄 펴낸날 2012년 2월 13일
2판 2쇄 펴낸날 2021년 9월 1일

지은이 김유정
엮은이 신두원
펴낸이 최병호
본문 일러스트 이경하
펴낸곳 (주)사피엔스21
주소 10403 경기도 고양시 일산동구 중앙로 1233 현대타운빌 205
전화 031)902-5770 **팩스** 031)902-5772
출판등록 제22-3070호
ISBN 978-89-6588-073-8 44810
ISBN 978-89-6588-072-1 (세트)

＊파본은 교환해 드립니다.
＊이 책에 실린 모든 내용에 대한 권리는 (주)사피엔스21에 있으므로 무단으로 전재하거나 복제, 배포할 수 없습니다.

김유정

· 봄·봄
동백꽃
금 따는 콩밭
만무방

사피엔스 한국문학 중·단편소설 01 | 엮은이·신두원

사피엔스 한국문학 - 중·단편소설을 펴내며

　『사피엔스 한국문학』은 청소년과 일반 성인이 한국 문학을 대표하는 작가들의 대표 작품을 편하게 읽으면서도 한국 현대 문학의 흐름을 이해하는 데 다소라도 도움이 되도록 기획한 선집(選集)입니다. 이미 다수의 한국 문학 선집이 시중에 출간되어 있으나, 이번 선집은 몇 가지 점에서 이전 선집들과의 차별화를 시도하였습니다.

　첫째, 안정되고 정확한 텍스트를 독자에게 제공하는 데 주안점을 두었습니다. 문학 작품은 말 그대로 언어라는 실로 짠 화려한 양탄자입니다. 더군다나 한국 문학을 대표하는 작가들의 대표 작품들이라면 두말할 나위가 없겠지요. 이들 작품을 감상하는 데 있어서 정확하면서도 편안한 텍스트를 제공하는 것은 선집이 지녀야 할 핵심 덕목이라고 할 수 있습니다. 그래서 이번 선집은 각 작품의 최초 발표본과 작가 생애 최후의 판본, 그리고 가장 최근에 발간된 비판적 판본(critical version) 등을 참조하여 텍스트에 정확성을 최대한 기하되, 현대인이 읽기 쉽도록 표기를 다듬었습니다. 또한 낯설거나 어려운 낱말에 대한 풀이를 두어서 작품 감상의 흐름이 끊어지지 않고 작품에 자연스럽게 몰입할 수 있도록 편집하는 데 많은 노력을 기울였습니다.

둘째, 선집에 포함될 작가와 작품을 선정하는 데 고심에 고심을 기울였습니다. 물론 기존 문학 선집들의 경우에도 작가 및 작품 선정에 그 나름의 고심을 기울였을 것입니다. 하지만 문학 선집이라는 것은 시대의 흐름과 독자의 취향, 현대적 문제의식 등을 종합적으로 고려해야 하는 것이어서, 시간이 지나고 세상이 바뀌면 작가 및 작품의 선정 기준과 원칙도 달라질 수밖에 없습니다. 이번 선집은 이러한 점들을 고려하여 작가와 작품을 엄선하되, 오늘을 살아가는 청소년과 일반 성인들이 갖고 있는 문제의식 및 취향에 부합할 수 있도록 노력하였습니다.

셋째, 청소년을 위한 최선의 한국 문학 선집이 될 수 있도록 하였습니다. 오늘날 세상은 디지털 문명으로 매우 빠르게 흘러가고, 우리 청소년들은 입시의 중압감과 온갖 뉴미디어의 홍수 속에서 자칫 마음을 키우고 생각을 넓히는 데 소홀해지기 쉽습니다. 이러한 정보의 홍수와 경쟁의 급류 속에서 문학은 자칫 잃기 쉬운 성찰의 기회를 제공해 줍니다. 시대와 호흡하면서 인간의 삶이 제기하는 다양한 문제를 다채롭게 형상화한 작품을 읽으며, 그 작품 속에 그려진 세상과 인물에 공감하면서 때로는 충격을 받고, 때로는 고민에 휩싸이며, 그 속에서 새로운 자아를 발견하는 과정을 통해 청소년들이 깊은 생각과 넓은 마음을 키울 수 있을 것이라 확신합니다. 작품별로 자세한 해설을 달고 그 해설에서 문학 교육의 핵심 내용을 비중 있게 다룬 것 또한 청소년 독자를 위한 배려에서 비롯된 것입니다.

문학 선집을 엮는 일은 두렵고도 설레는 일입니다. 감히 작가와 작품을 고른다는 것도 두려운 일이었거니와, 이 선집을 시대가 요구하는 최고의 선집으로 만들어야겠다는 사명감도 이번 문학 선집을 엮는 과정에서 저희 엮은이들과 편집자들의 어깨를 짓누르는 한편 가슴 벅찬 기대를 품게 만들었습니다. 부디 이 선집으로 많은 이들이 한국 문학의 정수(精髓)를 만끽하길 바랍니다. 그리고 날카로운 질책과 따스한 성원을 아울러 기대합니다.

끝으로 이 자리를 빌려 물심양면으로 선집의 출간을 뒷받침해 주신 (주)사피엔스21의 권일경 대표 이사님 이하 편집부 직원 모두에게 감사를 드립니다. 또한 이 선집을 위해 작품의 출간을 허락하신 작가들과 저작권을 위임받아 여러 편의를 제공해 준 한국문예학술저작권협회 측에도 감사의 말을 전합니다.

엮은이 대표 _신두원

일러두기

1. 수록 작품은 최초 발표본과 작가 생애 최후의 판본, 그리고 가장 최근에 발간된 비판적 판본(critical version) 등을 참조하여 텍스트를 확정했습니다. 참조한 판본은 작품 뒤에 밝혔습니다.
2. 한 작가의 작품 배열은 청소년들의 눈높이와 문학사적인 지명도를 고려하여 그 순서를 정하였습니다.
3. 뜻풀이가 필요하다고 판단되는 낱말과 문장은 본문 아래쪽에 그 풀이를 달았습니다.
4. 표기는 원문에 충실히 따르는 것을 원칙으로 하되, 맞춤법과 띄어쓰기는 최대한 현행 표기법을 따랐습니다. 단, 해당 작가만의 개성이 묻어 있는 말이나 방언, 속어, 고어 등은 최대한 원문대로 살려 놓았습니다.
5. 위의 원칙들은 작가에 따라, 지문과 대화에 따라, 문체에 따라, 문맥에 따라 적용의 정도가 달라질 수 있습니다.

차례

간행사 4

봄·봄 10
동백꽃 44
금 따는 콩밭 68
만무방 102

작가 소개 160

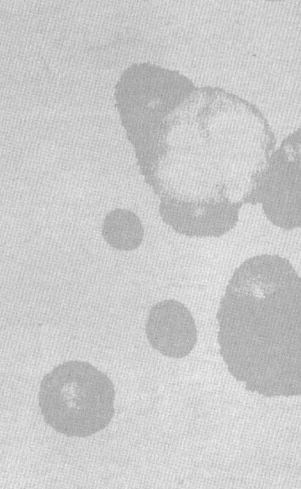

봄·봄

이 작품에서는 농촌에서 농사일을 하며 살아가는 주인공이 결혼과 관련해서 겪는 한바탕 소동이 그려지고 있어요. 그런데 결혼에 이르는 과정이 순탄하지만은 않네요. 우직하고 순박한 주인공이 결혼을 위해 펼치는 희극 한 편을 감상해 보세요.

"장인님! 인젠 저……."

내가 이렇게 뒤통수를 긁고 나이가 찼으니 성례를 시켜 줘야 하지 않겠느냐고 하면 그 대답이 늘

"이 자식아! 성례구 뭐구 미처 자라야지!"

하고 만다.

이 자라야 한다는 것은 내가 아니라 장차 내 아내가 될 점순이의 키 말이다.

내가 여기에 와서 돈 한 푼 안 받고 일하기를 삼 년하고 꼬박이 일곱 달 동안을 했다. 그런데도 미처 못 자랐다니까 이 키는 언제야 자라는 겐지 짜장 영문 모른다. 일을 좀 더 잘해야 한다든지, 혹은 밥을 (많이 먹는다고 노상 걱정이니까) 좀 덜 먹어야 한

성례(成禮) 혼인의 예식을 지냄.
짜장 과연 정말로.

다든지 하면 나도 얼마든지 할 말이 많다. 하지만 점순이가 아직 어리니까 더 자라야 한다는 여기에는 어째 볼 수 없이 고만 벙벙하고 만다.

이래서 나는 애초에 계약이 잘못된 걸 알았다. 이태면 이태, 삼 년이면 삼 년, 기한을 딱 작정하고 일을 했어야 원 할 것이다. 덮어놓고 딸이 자라는 대로 성례를 시켜 주마 했으니 누가 늘 지키고 섰는 것도 아니고, 그 키가 언제 자라는지 알 수 있는가. 그리고 난 사람의 키가 무럭무럭 자라는 줄만 알았지 붙박이 키에 모로만 벌어지는 몸도 있는 것을 누가 알았으랴. 때가 되면 장인님이 어련하랴 싶어서 군소리 없이 꾸벅꾸벅 일만 해 왔다. 그럼 말이다, 장인님이 제가 다 알아차려서

"어 참, 너 일 많이 했다. 고만 장가들어라."

하고 살림도 내주고 해야 나도 좋을 것이 아니냐. 시치미를 딱 떼고 도리어 그런 소리가 나올까 봐서 지레 펄펄 뛰고 이 야단이다. 명색이 좋아 데릴사위지 일하기에 싱겁기도 할 뿐더러 이건 참 아무것도 아니다.

벙벙하다 어리둥절하다.
이태 두 해.
모로 옆쪽으로.
군소리 하지 않아도 좋을 쓸데없는 말.
명색(名色) 실속 없이 그럴듯하게 불리는 허울만 좋은 이름.
✤ 명색이 좋아 실속은 없고 이름만 듣기 좋아.
데릴사위 처가에서 데리고 사는 사위.
싱겁다 어떤 행동이나 말, 글 따위가 흥미를 끌지 못하고 흐지부지하다.

숙맥이 그걸 모르고 점순이의 키 자라기만 까맣게 기다리지 않았나.

언젠가는 하도 갑갑해서 자를 가지고 덤벼들어서 그 키를 한번 재 볼까 했다. 마는 우리는 장인님이 내외를 해야 한다고 해서 마주 서 이야기도 한마디 하는 법 없다. 우물길에서 어쩌다 마주칠 적이면 겨우 눈어림으로 재 보고 하는 것인데 그럴 적마다 나는 저만치 가서

"제 — 미 키두!"

하고 논둑에다 침을 퉤 뱉는다. 아무리 잘 봐야 내 겨드랑(다른 사람보다 좀 크긴 하지만) 밑에서 넘을락말락 밤낮 요 모양이다. 개돼지는 푹푹 크는데 왜 이리도 사람은 안 크는지, 한동안 머리가 아프도록 궁리도 해 보았다. 아하, 물동이를 자꾸 이니까 뼈다귀가 옴츠러드나 보다 하고 내가 넌즛넌즛이 그 물을 대신 길어도 주었다. 뿐만 아니라 나무를 하러 가면 서낭당에 돌을 올려놓고

"점순이의 키 좀 크게 해 줍소사. 그러면 담엔 떡 갖다 놓고 고사드립죠니까."

하고 치성도 한두 번 드린 것이 아니다. 어떻게 돼먹은 킨지 이

숙맥(菽麥) 사리 분별을 못하고 세상 물정을 잘 모르는 사람.
내외(內外) 남의 남녀 사이에 서로 얼굴을 마주 대하지 않고 피함.
넌즛넌즛이 드러나지 않게 가만히.
치성(致誠) 신이나 부처에게 지극한 정성으로 빎. 또는 그런 일.

래도 막무가내니…….

그래 내 어저께 싸운 것이지 결코 장인님이 밉다든가 해서가 아니다.

모를 붓다가 가만히 생각을 해 보니까 또 싱겁다. 이 벼가 자라서 점순이가 먹고 좀 큰다면 모르지만 그렇지도 못할 걸 내 심어서 뭘 하는 거냐. 해마다 앞으로 축 거불지는 장인님의 아랫배(가 너무 먹은 걸 모르고 내병이라나, 그 배)를 불리기 위하여 심곤 조금도 싶지 않다.

"아이구 배야!"

난 몰 붓다 말고 배를 쓰다듬으면서 그대로 논둑으로 기어올랐다. 그리고 겨드랑에 꼈던 벼 담긴 키를 그냥 땅바닥에 털썩 떨어뜨리며 나도 털썩 주저앉았다. 일이 암만 바빠도 나 배 아프면 고만이니까. 아픈 사람이 누가 일을 하느냐. 파릇파릇 돋아 오른 풀 한 숲을 뜯어 들고 다리의 거머리를 쓱쓱 문대며 장인님의 얼굴을 쳐다보았다.

논 가운데서 장인님이 이상한 눈을 해 가지고 한참을 날 노려보더니

모를 붓다가 못자리를 만들어 씨를 뿌리다가. 또는 모를 심다가.
　못자리 볍씨를 뿌리어 모, 즉 옮겨 심기 위해 기른 벼의 싹을 기르는 곳.
거불지다 둥글고 두두룩하게 툭 비어져 나오다.
내병(內病) 속병. 위장병.
키 곡식 따위를 까불러 쭉정이나 티끌을 골라내는 도구.
숲 '술'의 사투리. 풀이나 머리털 따위의 부피나 분량.

"너 이 자식, 왜 또 이래 응?"

"배가 좀 아파서유!"

하고 풀 위에 슬며시 쓰러지니까 장인님은 약이 올랐다. 저도 논에서 철벙철벙 둑으로 올라오더니 잡은 참 내 멱살을 움켜잡고 뺨을 치는 것이 아닌가.

"이 자식아, 일허다 말면 누굴 망해 놀 셈속이냐. 이 대가릴 까놀 자식!"

우리 장인님은 약이 오르면 이렇게 손버릇이 아주 못됐다. 또 사위에게 이 자식 저 자식 하는 이놈의 장인님은 어디 있느냐. 오죽해야 우리 동리에서 누굴 물론하고 그에게 욕을 안 먹는 사람은 명이 짧다 한다. 조그만 아이들까지도 그를 돌아세놓고 욕필이(본 이름이 봉필이니까) 욕필이 하고 손가락질을 할 만치 두루 인심을 잃었다. 하나 인심을 정말 잃었다면 욕보다 읍의 배 참봉 댁 마름으로 더 잃었다. 번히 마름이란 욕 잘하고, 사람 잘 치고, 그리고 생김 생기길 호박개 같아야 쓰는 거지만 장인님은 외양이 똑 됐다. 작인이 닭 마리나 좀 보내지 않는다든가 애벌논 때 품을 좀 안 준다든가 하면 그해 가을에는 영락

마름 지주를 대리하여 소작권을 관리하는 사람.
번히 어떤 일의 결과나 상태 따위가 훤하게 들여다보이듯이 분명하게.
호박개 뼈대가 굵고 털이 북슬북슬한 개.
작인(作人) 소작인. 농토를 갖지 못하여 일정한 사용료를 지급하며 다른 사람의 농지를 빌려 농사를 짓는 사람.
애벌논 여러 번의 김매기 중 첫 김매기를 한 논. 여기에서는 '논을 처음 맬'의 의미로 쓰임.

없이 땅이 뚝뚝 떨어진다. 그러면 미리부터 돈도 먹이고 술도 먹이고 안달재신으로 돌아치던 놈이 그 땅을 슬쩍 돌라안는다. 이 바람에 장인님 집 빈 외양간에는 눈깔 커다란 황소 한 놈이 절로 엉금엉금 기어들고, 동리 사람은 그 욕을 다 먹어 가면서도 그래도 굽실굽실하는 게 아닌가.

그러나 내겐 장인님이 감히 큰소리할 계제가 못된다.

뒷생각은 못하고 뺨 한 개를 딱 때려 놓고는 장인님은 무색해서 덤덤히 쓴침만 삼킨다. 난 그 속을 퍽 잘 안다. 조금 있으면 갈도 꺾어야 하고 모도 내야 하고, 한창 바쁜 때인데 나 일 안 하고 우리 집으로 그냥 가면 고만이니까. 작년 이맘때도 트집을 좀 하니까 늦잠 잔다고 돌멩이를 집어던져서 자는 놈의 발목을 삐게 해 놨다. 사날씩이나 건성 끙끙 앓았더니 종당에는 거반 울상이 되지 않았는가.

"얘, 그만 일어나 일 좀 해라. 그래야 올 갈에 벼 잘되면 너 장가들지 않니?"

그래 귀가 번쩍 띄어서 그날로 일어나서 남이 이틀 품 들일

✤ **땅이 뚝뚝 떨어진다** 소작을 하던 땅을 떼여 다음 해부터는 그 땅에서 농사짓지 못하게 된다.
안달재신(--財神) 몹시 속을 태우며 여기저기로 다니는 사람.
돌아치다 나대며 여기저기 다니다.
돌라안다 남의 것을 빼돌려 가지다.
계제(階悌) 어떤 일을 할 수 있게 된 형편이나 기회.
갈 참나무, 도토리나무 등의 잎이 핀 가지.
종당(從當) 일의 마지막.
거반(居牛) 거지반(居之半). 거의 절반 가까이.

논을 혼자 삶아 놓으니까 장인님도 눈깔이 커다랗게 놀랐다. 그럼 정말로 가을에 와서 혼인을 시켜 줘야 온 경우가 옳지 않겠나. 볏섬을 척척 들어 쌓아도 다른 소리는 없고 물동이를 이고 들어오는 점순이를 담배통으로 가리키며

"이 자식아, 미처 커야지 조걸 데리구 무슨 혼인을 한다구 그러니 온!"

하고 남 낯짝만 붉게 해 주고 고만이다. 골김에 그저 이놈의 장인님 하고 댓돌에다 메꽂고 우리 고향으로 내뺄까 하다가 꾹꾹 참고 말았다.

참말이지 난 이 꼴 하고는 집으로 차마 못 간다. 장가를 들러 갔다가 오죽 못났어야 그대로 쫓겨 왔느냐고 손가락질을 받을 테니까.

논둑에서 벌떡 일어나 한풀 죽은 장인님 앞으로 다가서며

"난 갈 테야유, 그동안 사경 쳐 내슈 뭐."

"너 사위로 왔지 어디 머슴 살러 왔니?"

"그러면 얼찐 성렐 해 줘야 안 하지유. 밤낮 부려만 먹구 해 준다 해 준다……."

골김 (주로 '골김에', '골김으로' 꼴로 쓰여) 비위에 거슬리거나 마음이 언짢아서 성이 나는 김.
댓돌 집채의 낙숫물이 떨어지는 곳 안쪽으로 돌려 가며 놓은 돌.
메꽂다 '메어꽂다'의 준말. 어깨 너머로 둘러메어 힘껏 내리꽂다.
한풀 기운, 끈기, 의지, 투지 따위가 눈에 띄게 줄어드는 것을 이르는 말.
사경(私耕) 머슴이 주인에게서 한 해 동안 일한 대가로 받는 돈이나 물건.
얼찐 얼른.

"글쎄, 내가 안 하는 거냐, 그년이 안 크니까."

하고 어름어름 담배만 담으면서 늘 하는 소리를 또 늘어놓는다.

이렇게 따져 나가면 언제든지 늘 나만 밑지고 만다. 이번엔 안된다 하고 대뜸 구장님한테로 담판 가자고 소맷자락을 내끌었다.

"아, 이 자식이 왜 이래 어른을."

안 간다고 뻗디디고 이렇게 호령은 제 맘대로 하지만 장인님 제가 내 기운은 못 당한다. 막 부려 먹고 딸은 안 주고, 게다 땅땅 치는 건 다 뭐야.

그러나 내 사실 참 장인님이 미워서 그런 것은 아니다.

그 전날 왜 내가 새고개 맞은 봉우리 화전밭을 혼자 갈고 있지 않았느냐. 밭 가생이로 돌 적마다 야릇한 꽃내가 물컥물컥 코를 찌르고 머리 위에서 벌들은 가끔 붕붕 소리를 친다. 바위 틈에서 샘물 소리밖에 안 들리는 산골짜기니까 맑은 하늘의 봄볕은 이불 속같이 따스하고 꼭 꿈꾸는 것 같다. 나는 몸이 나른하고 몸살(을 아직 모르지만 병)이 나려고 그러는지 가슴이 울렁울렁하고 이랬다.

"어러이! 말이! 맘 마 마……."

어름어름 말이나 행동을 똑똑하게 분명히 하지 못하고 우물쭈물하는 모양.
구장(區長) 예전에, 시골 동네의 우두머리를 이르던 말.
담판(談判) 서로 맞선 관계에 있는 쌍방이 의논하여 옳고 그름을 판단함.
화전(火田) 주로 산간 지대에서 풀과 나무를 불살라 버리고 그 자리를 파 일구어 농사를 짓는 밭.

이렇게 노래를 하며 소를 부리면 여느 때 같으면 어깨가 으쓱으쓱한다. 웬일인지 밭 반도 갈지 않아서 온몸의 맥이 풀리고 대고 짜증만 난다. 공연히 소만 들입다 두들기며

　"안야! 안야! 이 망할 자식의 소(장인님의 소니까) 대리를 꺾어 들라."

　그러나 내 속은 정말 안야 때문이 아니라 점심을 이고 온 점순이의 키를 보고 울화가 났던 것이다.

　점순이는 뭐 그리 썩 이쁜 계집애는 못된다. 그렇다고 또 개떡이냐 하면 그런 것도 아니고, 꼭 내 아내가 돼야 할 만치 그저 툽툽하게 생긴 얼굴이다. 나보다 십 년이 아래니까 올에 열여섯인데 몸은 남보다 두 살이나 덜 자랐다. 남은 잘도 헌칠히들 크건만 이건 위아래가 몽톡한 것이 내 눈에는 헐없이 감참외 같다. 참외 중에는 감참외가 젤 맛 좋고 이쁘니까 말이다. 둥글고 커단 눈은 서글서글하니 좋고, 좀 짓쳐 찢어졌지만 입은 밥술이나 혹혹히 먹음직하니 좋다. 아따, 밥만 많이 먹게 되면 팔자는

맥(脈) 1. 기운이나 힘. 2. 맥락. 사물 따위가 서로 이어져 있는 관계나 연관. 여기에서는 1의 의미로 쓰임.
❋ 온몸의 맥이 풀리고 몸 전체의 기운이나 긴장이 풀리고.
대고 계속하여 자꾸.
대리 '다리'의 사투리.
툽툽하다 생김새가 멋이 없고 투박하다.
헌칠히 키나 몸집 따위가 보기 좋게 어울리도록 크게.
헐없이 문맥상 '영락없이, 즉 조금도 틀리지 아니하고 꼭 들어맞게'의 의미.
감참외 참외의 하나. 속이 잘 익은 감같이 붉고 맛이 좋다.
혹혹히 문맥상 '톡톡히, 즉 재산이나 살림살이 따위가 실속 있고 넉넉하게'의 의미.

고만 아니냐. 한데 한 가지 파가 있다면 가끔가다 몸이(장인님은 이걸 채신이 없이 들까분다고 하지만) 너무 빨리빨리 논다. 그래서 밥을 나르다가 때 없이 풀밭에다 깻박을 쳐서 흙투성이 밥을 곧잘 먹인다. 안 먹으면 무안해할까 봐서 이걸 씹고 앉았노라면 으적으적 소리만 나고 돌을 먹는 겐지 밥을 먹는 겐지…….

그러나 이날은 웬일인지 성한 밥째로 밭머리에 곱게 내려놓았다. 그리고 또 내외를 해야 하니까 저만큼 떨어져 이쪽으로 등을 향하고 웅크리고 앉아서 그릇 나기를 기다린다.

내가 다 먹고 물러섰을 때 그릇을 와서 챙기는데 그런데 난 깜짝 놀라지 않았느냐. 고개를 푹 숙이고 밥함지에 그릇을 포개면서 나더러 들으라는지, 혹은 제 소린지

"밤낮 일만 하다 말 텐가!"

하고 혼자 쫑알거린다. 고대 잘 내외하다가 이게 무슨 소린가, 하고 난 정신이 얼떨떨했다. 그러면서도 한편 무슨 좋은 수가 있는가 싶어서 나도 공중을 대고 혼잣말로

"그럼 어떻게?"

하니까

"성례 시켜 달라지 뭘 어떻게…….''

파(破) 사람의 결점.
채신 '처신'을 낮잡아 이르는 말. 세상을 살아가는 데 가져야 할 몸가짐이나 행동. 여기에서의 '채신없다'는 '말이나 행동이 경솔하여 위엄이나 신망이 없다'는 의미임.
깻박을 쳐서 그릇 따위를 떨어뜨려 속에 있던 것을 산산이 흩어지게 만들어서.
고대 이제 막. 바로 곧.

하고 되알지게 쏘아붙이고 얼굴이 발개져서 산으로 그저 도망질을 친다.

나는 잠시 동안 어떻게 되는 심판인지 맥을 몰라서 그 뒷모양만 덤덤히 바라보았다.

봄이 되면 온갖 초목이 물이 오르고 싹이 트고 한다. 사람도 아마 그런가 보다 하고 며칠 내에 부쩍 (속으로) 자란 듯싶은 점순이가 여간 반가운 것이 아니다.

이런 걸 멀쩡하게 안직 어리다고 하니까…….

우리가 구장님을 찾아갔을 때 그는 싸리문 밖에 있는 돼지우리에서 죽을 퍼 주고 있었다. 서울엘 좀 갔다 오더니 사람은 점잖아야 한다고 윗수염이(얼른 보면 지붕 위에 앉은 제비 꼬랑지 같다) 양쪽으로 뾰족이 뻗치고 그걸 애햄 하고 늘 쓰담는 손버릇이 있다. 우리를 멀뚱히 쳐다보고 미리 알아챘는지

"왜 일들 허다 말구 그래?"

하더니 손을 올려서 그 애햄을 한 번 후딱 했다.

"구장님! 우리 장인님과 즘에 계약하기를…….'

먼저 덤비는 장인님을 뒤로 떠다밀고 내가 허둥지둥 달려들다가 가만히 생각하고

되알지다 힘차고 야무지다.
심판 '셈판'의 사투리. 어떤 일이나 사실의 원인. 또는 그런 형편.
맥(脈) 1. 기운이나 힘. 2. 맥락. 사물 따위가 서로 이어져 있는 관계나 연관. 여기에서는 2의 의미로 쓰임.

"아니 우리 빙장님과 츰에."

하고 첫번부터 다시 말을 고쳤다. 장인님은 빙장님 해야 좋아하고 밖에 나와서 장인님 하면 괜스레 골을 내려고 든다. 뱀도 뱀이라야 좋냐구, 창피스러우니 남 듣는 데는 제발 빙장님, 빙모님 하라고 일상 말 조짐을 받아 오면서 난 그것도 자꾸 잊는다. 당장도 장인님 하다 옆에서 내 발등을 꾹 밟고 곁눈질을 흘기는 바람에야 겨우 알았지만······.

구장님도 내 이야기를 자세히 듣더니 퍽 딱한 모양이었다. 하기야 구장님뿐만 아니라 누구든지 다 그럴 게다. 길게 길러둔 새끼손톱으로 코를 후벼서 저리 탁 튀기며

"그럼, 봉필 씨! 얼른 성롈 시켜 주구려. 그렇게까지 제가 하구 싶다는걸."

하고 내 짐작대로 말했다. 그러나 이 말에 장인님은 삿대질로 눈을 부라리고

"아 성례구 뭐구 기집애년이 미처 자라야 할 게 아닌가?"

하니까 고만 멀쑤룩해서 입맛만 쩍쩍 다실 뿐이 아닌가.

"그것두 그래!"

"그래, 거진 사 년 동안에도 안 자랐다니 그 킨 은제 자라지

빙장(聘丈) 다른 사람의 장인(丈人)을 이르는 말.
빙모(聘母) 다른 사람의 장모(丈母)를 이르는 말.
일상 문맥상 '늘상, 늘, 항상'의 의미.
조지다 일이나 말이 허술하게 되지 않도록 단단히 단속하다.
멀쑤룩하다 문맥상 '갑자기 할 말을 잃고 쑥스러워하다'의 의미.

유? 다 구만두구 사경 내슈."

"글쎄, 이 자식아! 내가 크질 말라구 그랬니, 왜 날 보구 떼냐?"

"빙모님은 참새만 한 것이 그럼 어떻게 앨 낳지유?"(사실 장모님은 점순이보다도 귓배기 하나가 작다.)

장인님은 이 말을 듣고 껄껄 웃더니(그러나 암만해도 돌 씹은 상이다.) 코를 푸는 척하고 날 은근히 곯리려고 팔꿈치로 옆 갈비께를 퍽 치는 것이다. 더럽다. 나도 종아리의 파리를 쫓는 척하고 허리를 구부리며 어깨로 그 궁둥이를 콱 떠밀었다. 장인님은 앞으로 우찔근하고 싸리문께로 쓰러질 듯하다 몸을 바로 고치더니 눈총을 몹시 쏘았다. 이런 쌍년의 자식, 하곤 싶으나 남의 앞이라서 차마 못하고 섰는 그 꼴이 보기에 퍽 쟁그라웠다.

그러나 이 말에는 별반 신통한 귀정을 얻지 못하고 도로 논으로 돌아와서 모를 부었다. 왜냐면 장인님이 뭐라고 귓속말로 수군수군하고 간 뒤다. 구장님이 날 위해서 조용히 데리고 아래와 같이 일러 주었기 때문이다. (뭉태의 말은 구장님이 장인님에게 땅 두 마지기 얻어 부치니까 그래 꾀었다고 하지만 난 그렇게 생각 않는다.)

"자네 말두 하기야 옳지. 암, 나이 찼으니까 아들이 급하다는 게 잘못된 말은 아니야. 허지만 농사가 한창 바쁠 때 일을 안

귓배기 문맥상 '귀'를 속되게 이르는 말.
쟁그랍다 보거나 만지기에 소름이 끼칠 정도로 조금 흉하거나 끔찍하다.
귀정(歸正) 그릇되었던 일이 바른길로 돌아옴. 여기에서는 '판결'을 뜻함.

한다든가 집으로 달아난다든가 하면 손해죄루 그것두 징역을 가거든! (여기에 그만 정신이 번쩍 났다.) 웨 요전에 삼포말서 산에 불 좀 놓았다구 징역 간 거 못 봤나. 제 산에 불을 놓아두 징역을 가는 이땐데 남의 농사를 버려 주니 죄가 얼마나 더 중한가. 그리고 자넨 정장을(사경 받으러 정장 가겠다 했다.) 간대지만 그러면 괜시리 죌 들쓰고 들어가는 걸세. 또 결혼두 그렇지. 법률에 성년이란 게 있는데 스물하나가 돼야지 비로소 결혼을 할 수 있는 걸세. 자넨 물론 아들이 늦일 걸 염려지만 점순이루 말하면 인제 겨우 열여섯이 아닌가. 그렇지만 아까 빙장님의 말씀이 올 갈에는 열 일을 제치고라두 성례를 시켜 주겠다 하니 좀 고마울 겐가. 빨리 가서 모 붓든 거나 마저 붓게, 군소리 말구 어서 가!"

그래서 오늘 아침까지 끽소리 없이 왔다.

장인님과 내가 싸운 것은 지금 생각하면 전혀 뜻밖의 일이라 안 할 수 없다. 장인님으로 말하면 요즈막 작인들에게 행세를 좀 하고 싶다고 해서

"돈 있으면 양반이지 별게 있느냐!"

하고 일부러 아랫배를 툭 내밀고 걸음도 뒤틀리게 걷고 하는 이 판이다. 이까짓 나쯤 뚜들기다 남의 땅을 가지고 모처럼 닦아

정장(呈狀) 탄원서, 소송장을 관청에 냄.

놓았던 가문을 망친다든지 할 어른이 아니다. 또 나로 논지면* 아무쪼록 잘 빼서 점순이에게 얼른 장가를 들어야 하지 않느냐.

이렇게 말하자면 결국 어젯밤 뭉태네 집에 마을° 간 것이 썩 나빴다. 낮에 구장님 앞에서 장인님과 내가 싸운 것을 어떻게 알았는지 대고 빈정거리는 것이 아닌가.

"그래 맞구두 그걸 가만둬?"

"그럼 어떡하니?"

"임마, 봉필일 모판에다 거꾸루 박아 놓지 뭘 어떡해?"

하고 괜히 내 대신 화를 내 가지고 주먹질을 하다 등잔까지 쳤다. 놈이 본시 괄괄은 하지만 그래 놓고 날더러 석윳값을 물라고 막 지다위°를 붙인다. 난 어안이 벙벙해서* 잠자코 앉았으니까 저만 연신° 지껄이는 소리가

"밤낮 일만 해 주구 있을 테냐?"

"영득이는 일 년을 살구두 장갈 들었는데 넌 사 년이나 살구두 더 살아야 해?"

"네가 세 번째 사윈 줄이나 아니? 세 번째 사위."

"남의 일이라두 분하다 이 자식아, 우물에 가 빠져 죽어."

나중에는 겨우 손톱으로 목을 따라고까지 하고, 제 아들같이

✤ **나로 논지면** 나로 말하자면. 내 입장에서 논리적으로 따져 보자면.
마을 이웃에 놀러 다니는 일.
지다위 자기의 허물을 남에게 덮어씌움.
✤ **어안이 벙벙해서** 뜻밖에 놀랍거나 기막힌 일을 당하여 어리둥절해서.
연신 잇따라 자꾸.

함부로 혹닥이었다. 별의별 소리를 다 해서 그대로 옮길 수는 없으나 그 줄거리는 이렇다.

  우리 장인님이 딸이 셋이 있는데 맏딸은 재작년 가을에 시집을 갔다. 정말은 시집을 간 것이 아니라 그 딸도 데릴사위를 해 가지고 있다가 내보냈다. 그런데 딸이 열 살 때부터 열아홉, 즉 십 년 동안에 데릴사위를 갈아들이기를, 동리에선 사위 부자라고 이름이 났지마는 열네 놈이란 참 너무 많다. 장인님이 아들은 없고 딸만 있는 고로 그담 딸을 데릴사위를 해 올 때까지는 부려 먹지 않으면 안된다. 물론 머슴을 두면 좋지만 그건 돈이 드니까, 일 잘하는 놈을 고르느라고 연방 바꿔 들였다. 또 한편 놈들이 욕만 줄창 퍼 붓고 심히도 부려 먹으니까 밸이 상해서 달아나기도 했겠지. 점순이는 둘째 딸인데 내가 일테면 그 세 번째 데릴사위로 들어온 셈이다. 내 담으로 네 번째 놈이 들어올 것을 내가 일도 참 잘하고 그리고 사람이 좀 어수룩하니까 장인님이 잔뜩 붙들고 놓질 않는다. 셋째 딸이 인제 여섯 살, 적어도 열 살은 돼야 데릴사위를 할 테므로 그동안은 죽도록 부려 먹어야 된다. 그러니 인제는 속 좀 차리고 장가를 들여 달라고 떼를 쓰고 나자빠져라, 이것이다.

혹닥이다 공연한 말로 꼴사납게 지껄이다. 또는 세차게 다그치고 들볶다.
연방(連方) 연속해서 자꾸.
밸 '배알'의 준말. '창자'를 비속하게 이르는 말. '속마음'을 낮잡아 이르는 말.

나는 건으로* 엉엉 하며 귓등으로 들었다.✽ 뭉태는 땅을 얻어 부치다가 떨어진 뒤로는 장인님만 보면 공연히 못 먹어서 으릉거린다. 그것도 장인님이 저 달라고 할 적에 제집에서 위한다는 그 감투(예전에 원님이 쓰던 것이라나, 옆구리에 뽕뽕 좀먹은 걸레)를 선뜻 주었더면 그럴 리도 없었던 걸…….

　그러나 나는 뭉태란 놈의 말을 전수이* 곧이듣지 않았다. 꼭 곧이들었다면 간밤에 와서 장인님과 싸웠지 무사히 있었을 리가 없지 않은가. 그러면 딸에게까지 인심을 잃은 장인님이 혼자 나빴다.

　실토이지, 나는 점순이가 아침상을 가지고 나올 때까지는 오늘은 또 얼마나 밥을 담았나 하고 이것만 생각했다. 상에는 된장찌개하고 간장 한 종지, 조밥 한 그릇, 그리고 밥보다 더 수부룩하게 담은 산나물이 한 대접, 이렇다. 나물은 점순이가 틈틈이 해 오니까 두 대접이고 네 대접이고 멋대로 먹어도 좋으나 밥은 장인님이 한 사발 외엔 더 주지 말라고 해서 안된다. 그런데 점순이가 그 상을 내 앞에 내려놓으며 제 말로 지껄이는 소리가

　"구장님한테 갔다 그냥 온담 그래!"

하고 엊그제 산에서와 같이 되우* 쫑알거린다. 딴은 내가 더 단

건으로(乾--) 공연히, 실속이 없이 건성으로.
✽ 귓등으로 들었다 듣고도 들은 체 만 체 했다.
전수이(全數-) 모두 다.
되우 되게. 아주 몹시.

단히 덤비지 않고 만 것이 좀 어리석었다. 속으로 그랬다. 나도 저쪽 벽을 향하여 외면하면서 내 말로

"안 된다는 걸 그럼 어떡헌담!"

하니까

"쇰을 잡아채지 그냥 뒤, 이 바보야?"

하고 또 얼굴이 빨개지면서 성을 내며 안으로 샐쭉하니 튀들어가지 않느냐. 이때 아무도 본 사람이 없었게 망정이지 보았다면 내 얼굴이 어미 잃은 황새 새끼처럼 가엾다 했을 것이다.

사실 이때만치 슬펐던 일이 또 있었는지 모른다. 다른 사람은 암만 못생겼다 해도 괜찮지만 내 아내 될 점순이가 병신으로 본다면 참 신세는 따분하다. 밥을 먹은 뒤 지게를 지고 일터로 가려 하다 도로 벗어 던지고 바깥마당 공석 위에 드러누워서 나는 차라리 죽느니만 같지 못하다 생각했다.

내가 일 안 하면 장인님 저는 나이가 먹어 못하고 결국 농사 못 짓고 만다. 뒷짐으로 트림을 꿀꺽 하고 대문 밖으로 나오다 날 보고서

"이 자식아! 너 웨 또 이러니?"

쇰 수염.
샐쭉하다 마음에 차지 아니하여서 약간 고까워하는 태도가 드러나다.
따분하다 몹시 난처하거나 어색하다.
공석(空石) 아무것도 담지 않은 빈 섬.
  섬 곡식 따위를 담기 위하여 짚으로 엮어 만든 자루.

"관객이 났어유, 아이구 배야!"

"기껀 밥 처먹고 나서 무슨 관객이야, 남의 농사 버려 주면 이 자식아 징역 간다 봐라!"

"가두 좋아유, 아이구 배야!"

참말 난 일 안 해서 징역 가도 좋다 생각했다. 일후 아들을 낳아도 그 앞에서 바보, 바보 이렇게 별명을 들을 테니까 오늘은 열 쪽이 난대도 결정을 내고 싶었다.

장인님이 일어나라고 해도 내가 안 일어나니까 눈에 독이 올라서 저편으로 휭허케 가더니 지게막대기를 들고 왔다. 그리고 그걸로 내 허리를 마치 돌 떠 넘기듯이 쿡 찍어서 넘기고 넘기고 했다. 밥을 잔뜩 먹고 딱딱한 배가 그럴 적마다 퉁겨지면서 밸창이 꼿꼿한 것이 여간 켕기지 않았다. 그래도 안 일어나니까 이번에는 배를 지게막대기로 위에서 쿡쿡 찌르고 발길로 옆구리를 차고 했다. 장인님은 원체 심청이 궂어서 그러지만 나도 저만 못하지 않게 배를 채었다. 아픈 것을 눈을 꽉 감고 넌 해라 난 재미난 듯이 있었으나 볼기짝을 후려갈길 적에는 나도 모르는 결에 벌떡 일어나서 그 수염을 잡아챘다. 마는 내 골이 난 것

관객 관객(關格). 먹은 음식이 갑자기 체한 증상.
일후 (日後) 뒷날.
휭허케 '횡하니'를 예스럽게 이르는 말. 중도에서 지체하지 아니하고 곧장 빠르게 가는 모양.
밸창 배알. '창자'를 비속하게 이르는 말.
심청 '마음보'의 사투리.

이 아니라 정말은 아까부터 붴 뒤 울타리 구멍으로 점순이가 우리들의 꼴을 몰래 엿보고 있었기 때문이다. 가뜩이나 말 한마디 톡톡히 못한다고 바보라는데 매까지 잠자코 맞는 걸 보면 짜장 바보로 알 게 아닌가. 또 점순이도 미워하는 이까짓 놈의 장인님, 나곤 아무것도 안되니까 막 때려도 좋지만 사정 보아서 수염만 채고(제 원대로 했으니까 이때 점순이는 퍽 기뻤겠지.) 저기까지 잘 들리도록

"이걸 까셀라부다!"

하고 소리를 쳤다.

장인님은 더 약이 바짝 올라서 잡은 참 지게막대기로 내 어깨를 그냥 내리갈겼다. 정신이 다 아찔하다. 다시 고개를 들었을 때 그때엔 나도 온몸에 약이 올랐다. 이 녀석의 장인님을, 하고 눈에서 불이 퍽 나서 그 아래 밭 있는 낭 아래로 그대로 떠밀어 굴려 버렸다. 조금 있다가 장인님이 씩씩하고 한번 해 보려고 기어오르는 걸 얼른 또 떠밀어 굴려 버렸다.

기어오르면 굴리고 굴리면 기어오르고 이러길 한 너덧 번을 하며 그럴 적마다

"부려만 먹구 웨 성례 안 하지유!"

붴 부엌.
까셀라부다 까셀까 보다.
 까세다 세차게 치다. 두들겨 패다.
낭 둔덕. 가운데가 솟아서 불룩하게 언덕이 진 곳.

나는 이렇게 호령했다. 하지만 장인님이 선뜻 오냐 낼이라도 성례 시켜 주마 했으면 나도 성가신 걸 그만두었을지 모른다. 나야 이러면 때린 건 아니니까 나중에 장인 쳤다는 누명도 안 들을 터이고 얼마든지 해도 좋다.

한번은 장인님이 헐떡헐떡 기어서 올라오더니 내 바짓가랑이를 요렇게 노리고서 단박 움켜잡고 매달렸다. 악, 소리를 치고 나는 그만 세상이 다 팽그르 도는 것이

"빙장님! 빙장님! 빙장님!"

"이 자식! 잡어먹어라. 잡어먹어!"

"아! 아! 할아버지! 살려 줍쇼, 할아버지!"

하고 두 팔을 허둥지둥 내절 적에는 이마에 진땀이 쭉 내솟고 인젠 참으로 죽나 보다 했다. 그래도 장인님은 놓질 않더니 내가 기어이 땅바닥에 쓰러져서 거진 까무러치게 되니까 놓는다. 더럽다, 더럽다. 이게 장인님인가, 나는 한참을 못 일어나고 쩔쩔맸다. 그러다 얼굴을 드니(눈에 참 아무것도 보이지 않았다.) 사지가 부르르 떨리면서 나도 엉금엉금 기어가 장인님의 바짓가랑이를 꽉 움키고 잡아낚았다.

내가 머리가 터지도록 매를 얻어맞은 것이 이 때문이다. 그러나 여기가 또한 우리 장인님이 유달리 착한 곳이다. 여느 사

단박 그 자리에서 바로를 이르는 말.

람이면 사경을 주어서라도 당장 내쫓았지 터진 머리를 불솜으로 손수 지져 주고, 호주머니에 희연 한 봉을 넣어 주고 그리고

"올 갈엔 꼭 성례를 시켜 주마. 암말 말구 가서 뒷골의 콩밭이나 얼른 갈아라."

하고 등을 뚜덕여 줄 사람이 누구냐.

나는 장인님이 너무나 고마워서 어느덧 눈물까지 났다. 점순이를 남기고 이젠 내쫓기려니 하다 뜻밖의 말을 듣고

"빙장님! 인제 다시는 안 그러겠어유!"

이렇게 맹서를 하며 부랴사랴 지게를 지고 일터로 갔다.

그러나 이때는 그걸 모르고 장인님을 원수로만 여겨서 잔뜩 잡아당겼다.

"아! 아! 이놈아! 놔라, 놔. 놔."

장인님은 헛손질을 하며 솔개미에 챈 닭의 소리를 연해 질렀다. 놓긴 왜, 이왕이면 호되게 혼을 내주리라 생각하고 짓궂이 더 당겼다. 마는 장인님이 땅에 쓰러져서 눈에 눈물이 피잉 도는 것을 알고 좀 겁도 났다.

"할아버지! 놔라, 놔, 놔, 놔놔."

그래도 안되니까

불솜 상처를 소독하기 위하여 불에 그슬린 솜방망이.
희연 담배 상표 이름.
맹서(盟誓) '맹세'의 원말.
부랴사랴 매우 부산하고 급하게 서두르는 모양.
연하다(連--) 행위나 현상이 끊이지 않고 계속 이어지다.

"애 점순아! 점순아!"

이 악장에 안에 있었던 장모님과 점순이가 헐레벌떡하고 단숨에 뛰어나왔다.

나의 생각에 장모님은 제 남편이니까 역성을 할는지도 모른다. 그러나 점순이는 내 편을 들어서 속으로 고소해서 하겠지. 대체 이게 웬 속인지(지금까지도 난 영문을 모른다.) 아버질 혼내주기는 제가 내래놓고 이제 와서는 달려들며

"에그머니! 이 망할 게 아버지 죽이네!"

하고 내 귀를 뒤로 잡아당기며 마냥 우는 것이 아니냐. 그만 여기에 기운이 탁 꺾이어 나는 얼빠진 등신이 되고 말았다. 장모님도 덤벼들어 한쪽 귀마저 뒤로 잡아채면서 또 우는 것이다.

이렇게 꼼짝도 못하게 해 놓고 장인님은 지게막대기를 들어서 사뭇 내려조겼다. 그러나 나는 구태여 피하려지도 않고 암만해도 그 속 알 수 없는 점순이의 얼굴만 멀거니 들여다보았다.

"이 자식! 장인 입에서 할아버지 소리가 나오도록 해?"

■ 「조광」(1935. 12) ; 『원본 김유정 전집』(강, 2008)

악장 악을 쓰며 싸우는 짓.
역성 옳고 그름에는 관계없이 무조건 한쪽 편을 들어 주는 일.
✣ 고소해서 하겠지 고소해 하겠지.
내래놓고 문맥상 '부추겨 놓고'의 의미.
사뭇 거리낌 없이 마구. 내내 끝까지.
내려조기다 내리조기다. 냅다 두들기거나 때리다.

봄·봄 **작품 해설**

● 등장인물 들여다보기

나
딸(점순)이 다 자라면 그 딸과 결혼시켜 주겠다는 약속을 받고는 봉필의 집에 데릴사위로 들어와 일을 해 주고 있는 청년입니다. 봉필의 데릴사위로 들어온 지 4년이 다 되도록 성례를 시켜 주지 않는데도 묵묵히 일만 하고 있다가, 뭉태가 장인어른의 속셈(데릴사위로 들어서 사경도 주지 않고 머슴처럼 부려 먹으려고 하는)을 가르쳐 주고, 점순이가 "밤낮 일만 하다 말 텐가!"라고 자신을 비난하듯 부추기자 이에 용기를 내어 한창 농사일이 바쁠 때에 일을 하지 않는 것을 무기 삼아 장인어른에게 성례를 시켜 달라고 요구하지요. 장인어른에게 번번이 이용당하면서도 그 속셈을 알아채지 못하고, 뭉태가 가르쳐 주는 진실도 귓등으로 듣는 등 어수룩하고 순진한 면모를 보입니다. 하지만 점순이의 마음을 확인하고는 장인어른에게 기필코 성례 약속을 받아내려고 장인과 몸싸움을 벌이는 행동을 마다않는 우직한 인물로서 독자들에게 웃음을 선사합니다.

장인(봉필)
교묘한 방법으로 데릴사위를 머슴처럼 부려 먹으며 자신의 이익을 추구하는 이기적인 인물입니다. 마을에서 지주를 대신하여 소작인을 관리하는 마름으로 있으면서 그 직책을 이용하여 농민들을 착취하기도 하고, 욕을 잘하여 '욕필'이라 불리는 등 동네 사람들에게 인심을 잃었습니다. 특히 어린 딸들과 결혼시켜 준다는 약속으로 데릴사위를 들여 사경도 주지 않고 머슴처럼 부려 먹고 있으며, '나'도 그 대상 중 한 명입니다. 그러나 자기 이익을 추구하는 데 거짓이 없어 위선적이고 악독한 성격으로까지는 보이지 않습니다.

점순

'나'의 예비 아내로서 '나'로 하여금 장인어른에게 성례를 시켜 달라고 요구하게 만드는 인물입니다. '나'에게 쏘아붙이고는 얼굴이 발개지며 달아나는 등 여성적인 모습이 없지는 않으나, 자기 욕망과 감정에 충실한 적극성을 지니고 있습니다.

● 작품 Q&A

"선생님, 궁금해요!"

Q 이 작품의 시간적, 공간적 배경은 어떻게 되나요?

A 이 작품에는 시간적 배경을 짐작할 만한 정보가 주어져 있지 않아요. 그래서 시간적 배경은 작품이 창작된 1930년대로 보는 것

이 적절합니다. 공간적 배경은 어느 지방인지 알 수 없으나 농촌 마을인 것은 분명하고, 김유정의 다른 작품들이 대개 김유정의 고향인 강원도를 배경으로 하고 있으므로, 이 작품의 배경 역시 강원도의 어느 농촌 마을이라 보면 될 거예요. 참고로, 계절적 배경은 제목에서 알 수 있듯이 봄, 한창 농사일이 바쁠 때랍니다.

Q 작품 내 상황이 잘 이해가 안 돼요. '나'는 이미 사위인데도 성례를 시켜 달라고 장인어른에게 요구하고, 장인어른은 '나'를 머슴이 아니라 사위라고 하면서도 성례를 계속 미루는 건 무엇 때문인가요?

A 이 작품의 주인공인 '나'는 봉필이라는 사람의 집에 데릴사위로 들어와 있어요. 데릴사위란 '처가에서 데리고 사는 사위'를 말하는데, 이 작품에서는 아직 결혼을 하기 전인 '나'가 봉필네 집에 데릴사위로 미리 들어와 살고 있는 거예요. '나'는 봉필의 딸 점순이가 아직 어리니까 결혼을 할 수 있을 만큼 자랄 때까지 봉필네 집의 일을 해 주기로 약속을 하고는, 이 집에 들어와 같이 살면서 일을 해 주고 있는 거지요. 그런데 장인은 4년이 지나도록(정확하게는 3년 7개월이지요.) 결혼(성례)을 시켜 주지 않고 있어요. 아직 점순이가 다 자라지 않았다는 게 장인이 대는 이유이고요. 실제로 점순이의 키는 매우 작아서 '나'의 겨드랑이에도 오지 않아요. 그런데 장모(점순이의 어머니)는 점순이보다 키가 작은데도 결혼을 해서 점순이를 낳았으니, 키가 작다는 것은 사실상 장인의 핑계에 불과한 거지요. (점순이의 나이가 올해 열여섯이니 아직 어리긴 하지만 그 시절에는 그 나이에도 충분히 시집을 가곤 했었어요. '나'는 점순이보다 열 살

많으니까 지금 나이가 스물여섯으로 장가가기에 이른 나이는 아니었고요.) '나'는 장인이 핑계를 대며 성례를 미루고 있다는 것을 모르고 있어요. 그러다가 친구인 뭉태가 가르쳐 주지요. 점순이는 둘째 딸인데 그 아래의 셋째 딸이 이제 여섯 살이니 적어도 열 살이 되어야 새로 데릴사위를 들일 수 있으므로, 그때까지 점순이의 데릴사위를 머슴처럼 죽도록 부려 먹으려는 것이 장인의 속셈이라는 거예요. 이미 '나'가 점순이의 세 번째 데릴사위인 것도 밝혀져요. '나'가 데릴사위로 들어오기 전에 두 명의 데릴사위가 더 있었는데 계속 일만 부려 먹고 결혼을 시켜 주지 않자 포기하고 나가 버린 뒤에 '나'가 들어온 것이지요. 결국 장인이 성례를 계속 미루는 것은 우직하고 어수룩한 '나'를 결혼을 빌미로 하여 대가 없이 머슴처럼 부려 먹기 위한 거예요.

Q 그러면 '나'가 장인어른에게 성례를 시켜 달라고 요구하게 된 건 뭉태의 충고 때문인가요?

A 그건 아니에요. '나'는 뭉태의 말을 곧이듣지 않고 귓등으로 듣고 있거든요. 뭉태가 '땅을 얻어 부치다가 떨어진 뒤로는 장인님만 보면 공연히 못 먹어서 으릉거린다'라고 생각하고 있고요. 곧 뭉태에게는 장인어른을 미워할 만한 이유가 있는 거예요. 그러나 독자들은 뭉태의 말이 진실에 가깝다는 것을 충분히 알 수 있어요. '나'만 그걸 모르고 있는 거지요.

그런데도 '나'가 장인에게 성례를 시켜 달라고 요구하는 것은 바로 자신의 아내가 될 점순이의 핀잔 때문이에요. 점순이는 '나'

가 화전밭을 갈고 있을 때 점심을 가져와서는 '나'에게 들으라는 듯이 "밤낮 일만 하다 말 텐가!" 하고 쫑알거리고 '나'가 "그럼 어떻게?" 하고 물으니까 "성례 시켜 달라지 뭘 어떻게……." 하고 쏘아붙이고는 얼굴이 발개져서 달아났지요. 곧 점순이도 '나'와의 결혼을 원하고 있는 거예요. 그에 힘입어 '나'가 장인과 함께 구장을 찾아가서 담판을 지은 뒤에도 역시 별 소득 없이 돌아오자 "구장님한테 갔다 그냥 온담 그래!" 하고 '나'를 나무라고, '나'가 "안 된다는 걸 그럼 어떡헌담!" 하니까 "쇰을 잡아채지 그냥 둬, 이 바보야?" 하고 '나'를 또 부추기지요. 그러니까 '나'가 장인과 최후의 담판을 지으면서 장인의 사타구니를 잡고 늘어진 것도 모두 점순이가 '나'를 비난하고 부추겼기 때문이라 할 수 있어요.

Q 진심인지 아닌지는 알 수 없지만 결말 부분에서 장인어른은 '나'를 다독거리며 "올 갈엔 꼭 성례를 시켜 주마." 하고 약속해요. 하지만 '나'와 점순이의 사이는 틀어지고 있어요. 이러한 결말은 '나'에게 해피엔딩인가요?

A 장인어른으로부터 성례 약속을 받아내었으니 '나'는 일단 목적을 달성한 거예요. 장인어른의 이 약속은 장인과 함께 담판을 지으러 구장을 찾아갔을 때 구장을 통해 간접적으로 받아 낸 것이지요. 그때 구장은 장인과 귓속말을 주고받은 뒤 '나'에게 와서 '장인이 올 가을에는 꼭 성례를 시켜 준다고 했으니 군소리 말고 일을 계속하여라.'라고 일러 주지요.

사실 지금 '나'에게 가장 큰 무기가 되는 것은 일을 하지 않는 거예요. 한창 농번기여서 일을 해야만 농사에 차질이 없을 터인데, '나'가 배가 아프다는 핑계로(사실상은 점순이와 성례를 시켜 달라는 요구를 하며) 일을 하지 않으니 다급해진 장인은 일단 가을에 성례를 시켜 준다는 약속을 하는 것이지요. 그래서 장인이 한 약속도 사실상 믿을 만한 것이 못 돼요. 그런데다가 믿었던 점순이가 '나'의 편을 들지 않고 장인 편을 들고 있어요. 그렇다면 '나'는 결국 장인에게 속고 점순이도 자기를 배신해서 비극적인 결말을 맞을 수도 있을 거예요.

하지만 이 작품의 분위기는 전반적으로 해학적이고 밝아요. 점순이가 비록 결말 부분에서 '나'의 편을 들지 않고 장인(자기 아버지죠.) 편을 들면서 '나'에게 비난을 퍼붓지만, 그건 자기 아버지가 바로 '나'에게는 장인(지금은 예비 장인이지만 앞으로 진짜 장인이 될)이기 때문일 거예요. '나'가 장인의 샅아구니를 잡고 늘어지니까 장인이 "아! 아! 할아버지! 살려 줍쇼, 할아버지!"라고 하잖아요. 장인이 사위에게 "할아버지! 살려 줍쇼" 하고 빌었으니까 그에 대한 응징으로 점순이가 '나'를 나무란 것이지요. 자기 아내 될 점순이가 자신을 나무랐다고 해서 '나'는 기운이 꺾이어 얼빠진 등신이 되고 말지만, 앞으로 점순이가 '나'와의 결혼을 거부하지는 않을 거예요. 그러니까 점순이와 '나'의 사이가 틀어진 것은 어수룩한 '나'의 염려일 뿐, 실제로 점순이가 '나'를 미워하거나 싫어하게 되었다고 보기는 어려운 것이지요. 그리고 적극적인 성격의 점순이는 '나'와 마찬가지로 '나'와의 결혼을 바라고 있으니까, 설령 장인이 거짓으로 성례 시켜 준다고 약속했다 하더라도 '나'가 바라는 성례가 기약 없이 더 미뤄지지는 않을 거예요. 그러므로 작품은 전반적으로 '나'에게 해피엔딩으로 끝난다고 할 수 있어요.

Q 그러니까 순진한 '나'가 장인어른에게 이용당하고 있는 거네요. 이렇게 어수룩한 인물도 소설의 주인공이 될 수 있나요?

A 그럼요. 소설의 주인공은 대개 영웅이 아니라 보통 사람과 다를 바가 없는 인물들이에요. 때로는 이 작품과 같이 다소 어수룩한 인물도 주인공이 될 수 있지요. 특히 이 작품은 해학미가 두드러지는데, 코미디 장르를 보면 알 수 있듯이 해학미가 강한 작품에서는 대개 보통 사람들보다 더 어리석은 인물들이 등장해요. 다른 인물들이나 독자들은 뻔히 알고 있는 것을 어리석은 주인공은 잘 알지 못할 때에 그 차이에 의해 웃음이 유발되곤 하지요.

이 작품에서도 다른 사람들은 다 알고 있는 장인어른의 속셈을 주인공인 '나'는 잘 알아채지 못하고, 뭉태가 가르쳐 주어도 곧이 듣지 않으며, 또 점순이가 부추기자 다른 생각을 할 겨를도 없이 장인어른과 드잡이를 벌이는 등 '나'의 어수룩한 생각과 행동이 웃음을 자아내고 있어요. 이러한 '나'의 어리석음은 그의 순박하고 우직한 성품에서 나오는 것인데, 순박함이라든가 우직함이란 인간적 덕성의 하나로 꼽히면 꼽혔지 사악성(邪惡性)으로 꼽히지는 않아요. '나'가 어리석은 행동을 하게 되는 것도 '나'의 순박한 성격 자체의 결함 때문만이 아니에요. 순박한 성격의 '나'는, 자신을 진정한 사위로서가 아니라 어디까지나 계산속으로만 대하는 장인과 맞부딪히면서 어리석은 행동을 하지 않을 수 없게 되는 거지요. 곧

계산속이 빠른 인물과 맞서게 됨으로써 순박한 주인공은 계속 피해를 당하는 어리석은 인물로 드러나게 되는 것이니, 이 양자의 관계를 제대로 읽어 내지 못하면 이 작품이 주는 웃음의 의미도 올바르게 파악하지 못하게 된답니다.

장인도 그렇게 악독한 사람으로 그려지지는 않지만, 기본적으로는 자신의 이익을 위해 다른 사람을 이용하는 이기적인 인물이에요. 이는 그가 당시 땅을 가진 지주의 밑에서, 자기 땅이 없이 지주의 땅을 빌려 농사를 짓는 소작인들을 관리하는 마름이라는 직책을 가진 것과도 무관하지 않아요. 작품 가운데에는 그가 마름으로서 동네 사람들에게서 어떤 부당한 이익을 취하고 있는지도 그려지고 있어요. 그렇게 자기 잇속 챙기기에 능숙한 사람과 부딪치면서 주인공의 어리석음이 우스꽝스러운 상황을 만들어 내고 있으니, 사실 주인공이 가진 순진함이 이익을 추구하는 현실 사회의 논리에 의해 어떤 피해를 당하는지를 이 작품은 우리에게 보여 주는 셈이지요.

❋ 더 읽어 봅시다 ❋

사춘기 시골 남녀의 순박하고 풋풋한 애정을 그린, 작가의 또 다른 작품
김유정, 〈동백꽃〉_향토색 짙은 농촌을 배경으로 하여 순박한 산골 소년과 소녀의 순수한 애정을 해학적으로 그리고 있다.

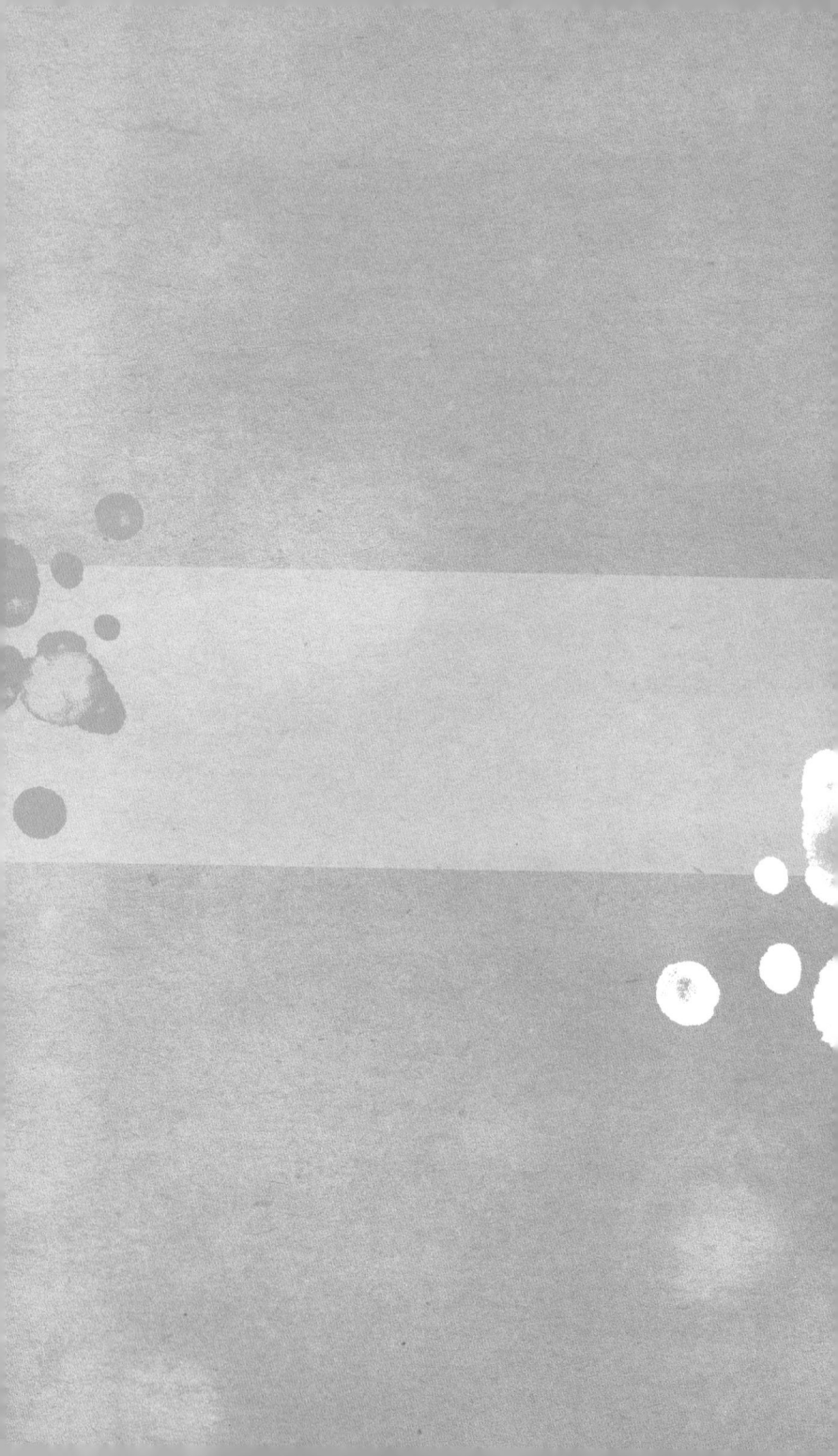

동백꽃

　마음속으로 좋아하는 이성 친구에게 자신의 속마음을 털어놓기란 쉽지 않을 거예요. 어떤 때에는 관심이 심술로 표현되기도 하여 그 친구를 괴롭힌다든지 하는 경험을 해 보지는 않았나요? 그런데도 상대방이 자기 마음을 알아주지 않으면 괜히 화가 나기도 하고요. 우리뿐만 아니라 우리의 할아버지, 할머니들일지도 모르는 옛날 시골의 소년, 소녀들도 그랬나 봐요. 그들의 순박한 사랑을 한번 들여다볼까요?

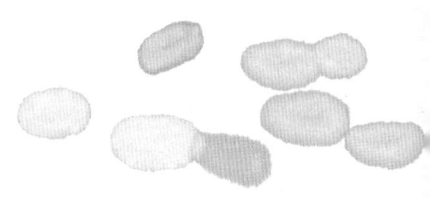

  오늘도 또 우리 수탉이 막 쪼이었다. 내가 점심을 먹고 나무를 하러 갈 양으로 나올 때이었다. 산으로 올라서려니까 등 뒤에서 푸드덕푸드덕하고 닭의 횃소리가 야단이다. 깜짝 놀라며 고개를 돌려보니 아니나 다르랴, 두 놈이 또 얼리었다.

  점순네 수탉(은 대강이가 크고 똑 오소리같이 실팍하게 생긴 놈)이 덩저리 작은 우리 수탉을 함부로 해내는 것이다. 그것도 그냥 해내는 것이 아니라 푸드덕하고 면두를 쪼고 물러섰다가 좀 사이를 두고 또 푸드덕하고 모가지를 쪼았다. 이렇게 멋을 부려

횃소리 날짐승이 크게 날갯짓을 하면서 홰를 치는 소리. 여기에서는 홰와 상관없이 '닭이나 새가 날개를 치며 내는 소리'를 뜻함.
  홰 새장이나 닭장 속에 새나 닭이 올라 앉을 수 있도록 가로질러 놓은 나무 막대.
대강이 '머리'를 속되게 이르는 말.
실팍하다 사람이나 물건 따위가 보기에 매우 든든하고 튼튼하다.
덩저리 '몸집'을 낮잡아 이르는 말.
해내다 상대방을 여지없이 이겨 내다. 여기에서는 '마구 때리거나 물어서 괴롭히다'를 뜻함.
면두 '볏'의 사투리. 꿩이나 닭 같은 조류의 이마 위에 붙은 살 조각.

가며 여지없이 닭아 놓는다. 그러면 이 못생긴 것은 쪼일 적마다 주둥이로 땅을 받으며 그 비명이 킥, 킥 할 뿐이다. 물론 미처 아물지도 않은 면두를 또 쪼이어 붉은 선혈은 뚝뚝 떨어진다.

이걸 가만히 내려다보자니 내 대강이가 터져서 피가 흐르는 것같이 두 눈에서 불이 버쩍 난다. 대뜸 지게막대기를 메고 달려들어 점순네 닭을 후려칠까 하다가 생각을 고쳐먹고 헛매질로 떼어만 놓았다.

이번에도 점순이가 쌈을 붙여 놨을 것이다. 바짝바짝 내 기를 올리느라고 그랬음에 틀림없을 것이다.

고놈의 계집애가 요새로 들어서서 왜 나를 못 먹겠다고 고렇게 아르렁거리는지 모른다.

나흘 전 감자 쪼간만 하더라도 나는 저에게 조금도 잘못한 것은 없다.

계집애가 나물을 캐러 가면 갔지 남 울타리 엮는 데 쌩이질을 하는 것은 다 뭐냐. 그것도 발소리를 죽여 가지고 등 뒤로 살며시 와서

"얘! 너 혼자만 일하니?"

하고 긴치 않은 수작을 하는 것이다.

쪼간 어떤 사건이나 작간.
  작간(作奸) 간악한 꾀를 부림. 또는 그런 짓.
쌩이질 한창 바쁠 때에 쓸데없는 일로 남을 귀찮게 구는 짓.
긴하다(緊- -) 꼭 필요하다. 긴요하다.

어제까지도 저와 나는 이야기도 잘 않고 서로 만나도 본척만척하고 이렇게 점잖게 지내던 터이련만 오늘로 갑작스레 대견해졌음은 웬일인가. 항차* 망아지만 한 계집애가 남 일하는 놈 보고…….

"그럼 혼자 하지 떼루 하디?"

내가 이렇게 내배앝는 소리를 하니까

"너 일하기 좋니?"

또는

"한여름이나 되거던 하지 벌써 울타리를 하니?"

잔소리를 두루 늘어놓다가 남이 들을까 봐 손으로 입을 틀어막고는 그 속에서 깔깔댄다. 별로 우스울 것도 없는데 날씨가 풀리더니 이놈의 계집애가 미쳤나 하고 의심하였다. 게다가 조금 뒤에는 즈 집께를* 할금할금* 돌아다보더니 행주치마의 속으로 꼈던 바른손을 뽑아서 나의 턱 밑으로 불쑥 내미는 것이다. 언제 구웠는지 아직도 더운 김이 홱 끼치는 굵은 감자 세 개가 손에 뿌듯이 쥐였다.

"느 집인* 이거 없지?"

대견하다(對見--) 서로 마주보다.
항차 하물며.
* 즈 집께를 저의 집 쪽을.
할금할금 남의 눈치를 살피려고 곁눈으로 살그머니 보는 모양.
뿌듯이 가득히 차서 빈틈이 없이.
* 느 집인 너희 집엔.

하고 생색 있는 큰소리를 하고는 제가 준 것을 남이 알면은 큰일 날 테니 여기서 얼른 먹어 버리란다. 그리고 또 하는 소리가

"너 봄감자가 맛있단다."

"난 감자 안 먹는다, 니나 먹어라."

나는 고개도 돌리려지 않고 일하던 손으로 그 감자를 도로 어깨 너머로 쑥 밀어 버렸다.

그랬더니 그래도 가는 기색이 없고, 뿐만 아니라 쌔근쌔근하고 심상치 않게 숨소리가 점점 거칠어진다. 이건 또 뭐야 싶어서 그때에야 비로소 돌아다보니 나는 참으로 놀랐다. 우리가 이 동리에 들어온 것은 근 삼 년째 되어 오지만 여지껏 가무잡잡한 점순이의 얼굴이 이렇게까지 홍당무처럼 새빨개진 법이 없었다. 게다 눈에 독을 올리고 한참 나를 요렇게 쏘아보더니 나중에는 눈물까지 어리는 것이 아니냐. 그리고 바구니를 다시 집어 들더니 이를 꼭 악물고는 엎더질 듯 자빠질 듯 논둑으로 횡허케 달아나는 것이다.

어쩌다 동리 어른이

"너 얼른 시집을 가야지?"

하고 웃으면

"염려 마서유. 갈 때 되면 어련히 갈라구!"

생색(生色) 다른 사람 앞에 당당히 나설 수 있거나 자랑할 수 있는 체면.
쌔근쌔근하다 고르지 아니하고 기쁘게 자꾸 숨 쉬는 소리가 나다. 또는 그런 소리를 내다.
횡허케 '횡하니'를 예스럽게 이르는 말. 중도에서 지체하지 아니하고 곧장 빠르게 가는 모양.

동백꽃

이렇게 천연덕스레 받는 점순이였다. 본시 부끄럼을 타는 계집애도 아니거니와 또한 분하다고 눈에 눈물을 보일 얼병이도 아니다. 분하면 차라리 나의 등어리를 바구니로 한번 모질게 후려 쌔리고 달아날지언정.

그런데 고약한 그 꼴을 하고 가더니 그 뒤로는 나를 보면 잡아먹으려고 기를 복복 쓰는 것이다.

설혹 주는 감자를 안 받아먹은 것이 실례라 하면, 주면 그냥 주었지 "느 집인 이거 없지?"는 다 뭐냐. 그렇잖아도 즈이는 마름이고 우리는 그 손에서 배재를 얻어 땅을 부치므로 일상 굽실거린다.✤ 우리가 이 마을에 처음 들어와 집이 없어서 곤란으로 지낼 제 집터를 빌리고 그 위에 집을 또 짓도록 마련해 준 것도 점순네의 호의이었다. 그리고 우리 어머니 아버지도 농사 때 양식이 달리면 점순네한테 가서 부지런히 꾸어다 먹으면서 인품 그런 집은 다시없으리라고 침이 마르도록 칭찬하고 하는 것이다. 그러면서도 열일곱씩이나 된 것들이 수군수군하고 붙어 다

얼병이 '얼병이'의 사투리. 겁이 많고 어리석으며 다부지지 못하여 어수룩하고 얼빠져 보이는 사람을 낮잡아 이르는 말.
마름 지주를 대리하여 소작권을 관리하는 사람.
배재 마름과 소작인 사이에 교환한 소작권 위임 문서, 즉 소작권을 뜻함.
✤ **그렇잖아도 즈이는 ~ 일상 굽실거린다** 점순네는 소작권을 관리하는 마름이고 '나'의 집은 점순네서 소작권을 얻어야 땅을 빌려 농사를 지을 수 있으므로, '나'의 집은 점순네에게 늘 굽실거리며 지낼 수밖에 없다. '나'가 점순이의 호의와 관심을 솔직하게 받아들이지 못하는 근본적인 이유가 제시되어 있다.
제 때.
달리다 재물이나 기술, 힘 따위가 모자라다.

니면 동리의 소문이 사납다고 주의를 시켜 준 것도 또 어머니였다. 왜냐하면 내가 점순이하고 일을 저질렀다가는 점순네가 노할 것이고, 그러면 우리는 땅도 떨어지고 집도 내쫓기고 하지 않으면 안되는 까닭이었다. 그런데 이놈의 계집애가 까닭 없이 기를 복복 쓰며 나를 말려죽이려고 드는 것이다.

눈물을 흘리고 간 그담 날 저녁나절이었다. 나무를 한 짐 잔뜩 지고 산을 내려오려니까 어디서 닭이 죽는 소리를 친다. 이거 뉘 집에서 닭을 잡나 하고 점순네 울 뒤로 돌아오다가 나는 고만 두 눈이 뚱그랬다. 점순이가 즈 집 봉당˙에 홀로 걸터앉았는데, 아 이게 치마 앞에다 우리 씨암탉을 꼭 붙들어 놓고는

"이놈의 닭! 죽어라, 죽어라."

요렇게 암팡스레˙ 패 주는 것이 아닌가. 그것도 대가리나 치면 모른다. 마는 아주 알도 못 낳으라고 그 볼기짝께를 주먹으로 콕콕 쥐어박는 것이다.

나는 눈에 쌍심지가 오르고 사지가 부르르 떨렸으나 사방을 한번 휘돌아보고야 그제서 점순이 집에 아무도 없음을 알았다. 잡은 참 지게막대기를 들어 울타리의 중턱을 후려치며

"이놈의 계집애! 남의 닭 알 못 나라구 그러니?"

하고 소리를 빽 질렀다.

봉당 '토방'의 사투리. 방에 들어가는 문 앞에 좀 높이 편평하게 다진 흙바닥.
암팡스레 몸은 작아도 야무지고 다부진 면이 있게.

그러나 점순이는 조금도 놀라는 기색이 없고 그대로 의젓이 앉아서 제 닭 가지고 하듯이 또 죽어라, 죽어라 하고 패는 것이다. 이걸 보면 내가 산에서 내려올 때를 겨냥해 가지고 미리부터 닭을 잡아 가지고 있다가 네 보란 듯이 내 앞에 쒜지르고 있음이 확실하다.

그러나 나는 그렇다고 남의 집에 뛰어들어가 계집애하고 싸울 수도 없는 노릇이고 형편이 썩 불리함을 알았다. 그래 닭이 맞을 적마다 지게막대기로 울타리나 후려칠 수밖에 별도리가 없다. 왜냐하면 울타리를 치면 칠수록 울섶이 물러앉으며 뼈대만 남기 때문이다. 하나 아무리 생각하여도 나만 밑지는 노릇이다.

"아, 이년아! 남의 닭 아주 죽일 터이냐?"

내가 도끼눈을 뜨고 다시 꽥 호령을 하니까 그제서야 울타리께로 쪼르르 오더니 울 밖에 섰는 나의 머리를 겨누고 닭을 내팽개친다.

"예이 더럽다! 더럽다!"

"더러운 걸 널더러 입때 끼고 있으랬니? 망할 계집애년 같으니."

하고 나도 더럽단 듯이 울타리께를 휑허케 돌아내리며 약이 오

쒜지르다 '쥐어지르다'의 준말. 주먹으로 힘껏 내지르다.
울섶 울타리를 만드는 데 쓰는 나뭇가지. 여기에서는 '울타리의 위쪽 가장자리'를 뜻함.
도끼눈 분하거나 미워서 매섭게 쏘아 노려보는 눈을 비유적으로 이르는 말.

를 대로 다 올랐다, 라고 하는 것은 암탉이 풍기는 서슬에 나의 이마빼기에다 물찌똥을 찍 깔겼는데 그걸 본다면 알집만 터졌을 뿐 아니라 골병은 단단히 든 듯싶다.

그리고 나의 등 뒤를 향하여 나에게만 들릴듯말듯한 음성으로

"이 바보 녀석아!"

"얘! 너 배냇병신이지?"

그만도 좋으련만

"얘! 너 느 아버지가 고자라지?"

"뭐? 울 아버지가 그래 고자야?"

할 양으로 열병거지가 나서 고개를 홱 돌리어 바라봤더니 그때까지 울타리 위로 나와 있어야 할 점순이의 대가리가 어디 갔는지 보이지를 않는다. 그러다 돌아서서 오자면 아까에 한 욕을 울 밖으로 또 퍼붓는 것이다. 욕을 이토록 먹어 가면서도 대거리 한 마디 못하는 걸 생각하니 돌부리에 채어 발톱 밑이 터지는 것도 모를 만치 분하고 급기야는 두 눈에 눈물까지 불끈 내솟는다.

그러나 점순이의 침해는 이것뿐이 아니다.

서슬 강하고 날카로운 기세.
배냇병신(--病身) 어머니 배 안에서부터의 병신, 즉 선천적 기형을 일상적으로 이르는 말.
고자(鼓子) 생식 기관이 불완전한 남자.
열병거지(熱---) '열화(熱火)'를 속되게 이르는 말. 매우 급하게 치밀어 오르는 화중.
대거리(對--) 상대편에게 맞서서 대듦. 또는 그런 말이나 행동.

사람들이 없으면 틈틈이 즈 집 수탉을 몰고 와서 우리 수탉과 쌈을 붙여 놓는다. 즈 집 수탉은 썩 험상궂게 생기고 쌈이라면 홰를 치는 고로*으레 이길 것을 알기 때문이다. 그래서 툭하면 우리 수탉이 면두며 눈깔이 피로 흐드르하게 되도록 해 놓는다. 어떤 때에는 우리 수탉이 나오지를 않으니까 요놈의 계집애가 모이를 쥐고 와서 꾀여 내다가 쌈을 붙인다.

이렇게 되면 나도 다른 배채를 차리지 않을 수 없다. 하루는 우리 수탉을 붙들어 가지고 넌지시 장독께로 갔다. 쌈닭에게 고추장을 먹이면 병든 황소가 살모사를 먹고 용을 쓰는 것처럼 기운이 뻗친다 한다. 장독에서 고추장 한 접시를 떠서 닭 주둥아리께로 들이밀고 먹여 보았다. 닭도 고추장에 맛을 들였는지 거스르지 않고 거진 반 접시 턱이나 곧잘 먹는다.

그리고 먹고 금세는 용을 못 쓸 터이므로 얼마쯤 기운이 돌도록 홰 속에다 가두어 두었다.

밭에 두엄을 두어 짐 져내고 나서 쉴 참에 그 닭을 안고 밖으로 나왔다. 마침 밖에는 아무도 없고 점순이만 즈 울 안에서 헌 옷을 뜯는지 혹은 솜을 터는지 옹크리고 앉아서 일을 할 뿐이다.

✤ **쌈이라면 홰를 치는 고로** '홰를 치다(홰치다)'는 '닭이나 새 따위가 날개를 벌리고 탁탁 치다'는 의미로, 이 구절은 문맥상 '(점순이네 수탉이) 싸움이라면 대단히 신이 나거나 좋아해서' 정도의 뜻이다.
배채 어떤 일을 하기 위한 꾀.
두엄 풀, 짚 또는 가축의 배설물 따위를 썩힌 거름.

나는 점순네 수탉이 노는 밭으로 가서 닭을 내려놓고 가만히 맥을 보았다. 두 닭은 여전히 얼리어 쌈을 하는데 처음에는 아무 보람이 없다. 멋지게 쪼는 바람에 우리 닭은 또 피를 흘리고 그러면서도 날갯죽지만 푸드덕푸드덕하고 올라 뛰고 뛰고 할 뿐으로 제법 한 번 쪼아 보도 못한다.

  그러나 한 번엔 어쩐 일인지 용을 쓰고 펄쩍 뛰더니 발톱으로 눈을 하비고 내려오며 면두를 쪼았다. 큰 닭도 여기에는 놀랐는지 뒤로 멈씰하며 물러난다. 이 기회를 타서 작은 우리 수탉이 또 날쌔게 덤벼들어 다시 면두를 쪼니 그제서는 감때사나운 그 대강이에서도 피가 흐르지 않을 수 없다.

  옳다 알았다, 고추장만 먹이면은 되는구나 하고 나는 속으로 아주 쟁그라워 죽겠다. 그때에는 뜻밖에 내가 닭쌈을 붙여 놓는 데 놀라서 울 밖으로 내다보고 섰던 점순이도 입맛이 쓴지 살을 찌푸렸다.

  나는 두 손으로 볼기짝을 두드리며 연방

  "잘한다! 잘한다!"

❀ 맥을 보았다 남의 눈치나 뜻을 살펴보았다.
하비다 손톱이나 날카로운 물건 따위로 조금 긁어 파다.
멈씰하다 '멈칫하다'의 사투리.
감때사납다 사람이 억세고 사납다. 여기에서는 '감사납다', 즉 '생김새나 성질이 억세고 사납다'의 의미로 쓰임.
쟁그랍다 보거나 만지기에 소름이 끼칠 정도로 조금 흉하거나 끔찍하다. 여기에서는 '마음이 간지러울 정도로 썩 고소하다'의 의미로 쓰임.
연방(連方) 연속해서 자꾸.

하고 신이 머리끝까지 뻗치었다.

그러나 얼마 되지 않아서 나는 넋이 풀리어 기둥같이 묵묵히 서 있게 되었다. 왜냐면 큰 닭이 한 번 쪼인 앙갚음으로 호들갑스레 연거푸 쪼는 서슬에 우리 수탉은 찔끔 못하고 막 곯는다. 이걸 보고서 이번에는 점순이가 깔깔거리고 되도록 이쪽에서 많이 들으라고 웃는 것이다.

나는 보다 못하여 덤벼들어서 우리 수탉을 붙들어 가지고 도로 집으로 들어왔다. 고추장을 좀 더 먹였더라면 좋았을 걸, 너무 급하게 쌈을 붙인 것이 퍽 후회가 난다. 장독께로 돌아와서 다시 턱 밑에 고추장을 들이댔다. 흥분으로 말미암아 그런지 당최 먹질 않는다.

나는 하릴없이 닭을 반듯이 누이고 그 입에다 궐련 물부리를 물리었다. 그리고 고추장 물을 타서 그 구멍으로 조금씩 들이부었다. 닭은 좀 괴로운지 킥, 킥 하고 재채기를 하는 모양이나 그러나 당장의 괴로움은 매일같이 피를 흘리는 데 댈 게 아니라 생각하였다.※

그러나 한 두어 종지가량 고추장 물을 먹이고 나서는 나는 고만 풀이 죽었다. 싱싱하던 닭이 왜 그런지 고개를 살머시 뒤틀

하릴없이 달리 어떻게 할 도리가 없이.
궐련(卷煙) 얇은 종이로 가늘고 길게 말아 놓은 담배.
물부리 담배를 끼워서 빠는 물건.
※ 당장의 괴로움은 ~ 댈 게 아니라 생각하였다 매일 점순네 수탉에게 쪼여 피를 흘리는 것보다는 지금 고추장 물을 먹는 괴로움을 감수하는 게 더 나으리라 생각하였다.

고는 손아귀에서 뻐드러지는 것이 아닌가. 아버지가 볼까 봐서 얼른 홰에다 감추어 두었더니 오늘 아침에서야 겨우 정신이 든 모양 같다.

그랬던 걸 이렇게 오다 보니까 또 쌈을 붙여 놨으니 이 망할 계집애가, 필연 우리 집에 아무도 없는 틈을 타서 제가 들어와 홰에서 꺼내 가지고 나간 것이 분명하다.

나는 다시 닭을 잡아다 가두고 염려는 스러우나 그렇다고 산으로 나무를 하러 가지 않을 수도 없는 형편이었다.

소나무 삭정이를 따며 가만히 생각해 보니 암만해도 고년의 목쟁이를 돌려놓고 싶다. 이번에 내려가면 망할 년 등줄기를 한번 되게 후려치겠다 하고 싱둥겅둥 나무를 지고는 부리나케 내려왔다.

거지반 집에 다 내려와서 나는 호드기 소리를 듣고 발이 딱 멈추었다. 산기슭에 널려 있는 굵은 바윗돌 틈에 노란 동백꽃이 소보록하니 깔리었다. 그 틈에 끼여 앉아서 점순이가 청승맞

뻐드러지다 굳어서 뻣뻣하게 되다.
필연(必然) 틀림없이 꼭.
삭정이 살아 있는 나무에 붙어 있는, 말라 죽은 가지.
목쟁이 '목정강이'를 낮춰 이르는 말. 목덜미를 이루고 있는 뼈.
싱둥겅둥 건성건성. 정성을 들이지 않고 대강대강 일을 하는 모양.
거지반(居之半) 거의 절반 가까이.
호드기 봄철에 물오른 버드나무 가지의 껍질을 고루 비틀어 뽑은 껍질이나 짤막한 밀짚 토막 따위로 만든 피리.
✽ 노란 동백꽃 이 작품에서 동백꽃은 노란색으로, 동백꽃의 색깔이 주로 붉은 색인 것과 구별된다. 이 작품에서의 동백꽃은 '산동백' 또는 '산동박'이라고도 불리는 생강나무의 꽃을 가리킨다.

게시리 호드기를 불고 있는 것이다. 그보다 더 놀란 것은 그 앞에서 또 푸드덕푸드덕하고 들리는 닭의 횃소리다. 필연코 요년이 나의 약을 올리느라고 또 닭을 집어내다가 내가 내려올 길목에다 쌈을 시켜 놓고 저는 그 앞에 앉아서 천연스레 호드기를 불고 있음에 틀림없으리라.

나는 약이 오를 대로 다 올라서 두 눈에서 불과 함께 눈물이 퍽 쏟아졌다. 나무 지게도 벗어 놀 새 없이 그대로 내동댕이치고는 지게막대기를 뻗치고 허둥지둥 달려들었다.

가차이˙와 보니 과연 나의 짐작대로 우리 수탉이 피를 흘리고 거의 빈사지경˙에 이르렀다. 닭도 닭이려니와 그러함에도 불구하고 눈 하나 깜짝 없이 고대로 앉아서 호드기만 부는 그 꼴에 더욱 치가 떨린다. 동리에서도 소문이 났거니와 나도 한때는 걱실걱실히˙ 일 잘하고 얼굴 이쁜 계집애인 줄 알았더니 시방 보니까 그 눈깔이 꼭 여우 새끼 같다.

나는 대뜸 달려들어서 나도 모르는 사이에 큰 수탉을 단매˙로 때려 엎었다. 닭은 푹 엎어진 채 다리 하나 꼼짝 못하고 그대로 죽어 버렸다. 그리고 나는 멍하니 섰다가 점순이가 매섭게 눈을 홉뜨고 닥치는 바람에 뒤로 벌렁 나자빠졌다.

가차이 '가까이'의 사투리.
빈사지경(瀕死地境) 거의 죽게 된 처지나 형편.
걱실걱실히 걱실걱실. 성질이 너그러워 말과 행동을 시원스럽게 하는 모양.
단매(單-) 단 한 번 때리는 매.

"이놈아! 너 왜 남의 닭을 때려죽이니?"

"그럼 어때?"

하고 일어나다가

"뭐 이 자식아! 누 집 닭인데?"

하고 복장을 떼미는 바람에 다시 벌렁 자빠졌다. 그러고 나서 가만히 생각을 하니 분하기도 하고 무안도 스럽고 또 한편 일을 저질렀으니 인젠 땅이 떨어지고 집도 내쫓기고 해야 되는지 모른다.

나는 비슬비슬 일어나며 소맷자락으로 눈을 가리고는 얼김에 엉 하고 울음을 놓았다. 그러다 점순이가 앞으로 다가와서

"그럼, 너 이담부텀 안 그럴 터냐?"

하고 물을 때에야 비로소 살길을 찾은 듯싶었다. 나는 눈물을 우선 씻고 뭘 안 그러는지 명색도 모르건만

"그래!"

하고 무턱대고 대답하였다.

"요담부터 또 그래 봐라, 내 자꾸 못살게 굴 터니."

"그래 그래, 인젠 안 그럴 테야!"

"닭 죽은 건 염려 마라. 내 안 이를 테니."

복장 가슴의 한복판.
얼김 어떤 일이 벌어지는 바람에 자기도 모르게 정신이 얼떨떨한 상태.
명색(名色) 겉으로 내세우는 구실.

그리고 뭣에 떠다밀렸는지 나의 어깨를 짚은 채 그대로 픽 쓰러진다. 그 바람에 나의 몸뚱이도 겹쳐서 쓰러지며 한창 피어 퍼드러진 노란 동백꽃 속으로 폭 파묻혀 버렸다.

알싸한 그리고 향긋한 그 냄새에 나는 땅이 꺼지는 듯이 온 정신이 고만 아찔하였다.

"너 말 마라."

"그래!"

조금 있더니 요 아래서

"점순아! 점순아! 이년이 바누질을 하다 말구 어딜 갔어!"

하고 어딜 갔다 온 듯싶은 그 어머니가 역정이 대단히 났다.

점순이가 겁을 잔뜩 집어먹고 꽃 밑을 살금살금 기어서 산 아래로 내려간 다음 나는 바위를 끼고 엉금엉금 기어서 산 위로 치빼지 않을 수 없었다.

■ 「조광」(1936. 5) ; 『원본 김유정 전집』(강, 2008)

알싸하다 매운맛이나 독한 냄새 따위로 콧속이나 혀끝이 알알하다.
역정(逆情) 몹시 언짢거나 못마땅하여 내는 성.
치빼다 냅다 달아나다.

동백꽃

등장인물 들여다보기

나
소극적이지만 자존심이 강한 17세의 시골 소년입니다. 동갑내기인 점순이가 애정과 관심을 표현하지만 이를 눈치채지 못하는 다소 둔한 성격의 소유자예요. 점순이에 비해 미성숙하여 점순이가 자기에게 감자를 가져다주고 또 그것이 거절당한 뒤 자신을 괴롭히는 까닭을 알아채지 못하는데, 이 작품의 해학미는 '나'의 그 무지에서 비롯되지요. 그러나 한편으로 점순네는 마름이고 자기네는 소작인인 데서 오는 계층적 차이를 분명하게 인식하고 있어요. 점순이의 '작업'에 대해 '나'가 모른 체하는 것은 그 때문일지도 모릅니다.

점순
일도 잘하고 얼굴도 예쁜 활달한 성격의 시골 소녀입니다. '나'에 비해 성숙하고 자기 감정을 표현하는 데 적극적이에요. '나'와 동갑내기로 '나'에게 감자를 가져다주며 자신의 마음을 표현하다가 거절당하자, 그 앙갚음으로 닭싸움을 시켜 '나'를 괴롭히며 '나'와 대립하지요. 하지만 그 대립의 절정('나'가 점순네 닭을 때려죽인 일)에서 화해('나'와 점순의 애정 실현)를 이끌어 내기도 합니다. '나'의 소극성과 점순이의 적극성이 함께 어울려 작품의 해학적 분위기를 고양시키고 있어요.

● 작품 Q&A

"선생님, 궁금해요!"

Q 점순이가 준 감자를 '나'가 거절했을 때 점순이는 왜 분해하며 눈물까지 보이는 것인가요? 그렇게 분해할 만큼 '나'가 점순이를 막 대한 것은 아닌 듯한데요, 혹시 점순이가 '나'를 좋아하기 때문인가요?

A 맞아요. '나'는 점순이의 행위를 '쌩이질'로 표현하고 있지만, '언제 구웠는지 아직도 더운 김이 홱 끼치는 굵은 감자 세 개'를 건넨 것은 사실상 점순이가 '나'에게 애정과 관심이 있음을 드러내기 위해 한 일이에요.

그런데 그런 감자를 '나'가 본 체도 하지 않고 도로 어깨 너머로 쑥 밀어 버리니까 점순이는 속이 많이 상한 거고요. 이성 간에 좋은 감정이 있을 때 그걸 먼저 표현하기가 쉬운 일이 아니잖아요. 더욱이 여자인 점순이로서는 말이에요. 아마도 점순이는 큰마음을 먹고 용기를 내어 '나'에게 감자를 가져다주었을 거예요. 감자를 가지고 와서도 바로 건네준 게 아니라 한참 동안 딴전을 부리다가 건네주었으니까요. 그런 상황에서 자신의 호의를 '나'가 단박에 거절하니까, '본시 부끄럼을 타는 계집애도 아니거니와 또한 분하다고 눈에 눈물을 보일 얼병이도 아닌' 점순이는 단단히 화가 난 거지요.

Q '나'는 왜 점순이가 건네준 감자를 받아먹지 않은 거예요? 점순이의 호의를 받아들여 감자를 받아먹었으면 점순이에게 괴롭힘을 당하지 않았을 텐데 말이죠.

A 점순이가 감자를 건네준 것은 '나'를 좋아한다는 일종의 애정 표현이라고 할 수 있어요. 좋아하지 않으면 감자를 건네줄 이유가 없겠지요. 그런데 '나'는 그 감자를 "니나 먹어라." 하고 거절하는데, 서로 점잖게 지냈다가 갑자기 점순이가 관심을 보여 어색하기 때문이기도 했겠지만 그것보다도 자존심 때문이었을 거예요. 점순이가 그냥 감자를 건네준 것이 아니라 "느 집인 이거 없지?" 하고 생색을 내는 말로 '나'의 자존심을 건드린 거지요.

그런데 그 자존심은 더 깊은 뿌리를 지니고 있어요. '나'의 입을 통해 전해지는 집안의 사연이 그것이지요. 곧 점순네는 마름이고 '나'의 집은 점순네서 소작권을 얻어 농사를 짓고 있어요. 마름이란, 땅을 가진 지주를 대신하여 땅이 없는 농민들에게 땅을 빌려 주고 관리하는 직책이에요. 그러니까 땅 주인은 아니지만 그를 대신하여 땅을 관리하는 사람인 거지요. 그런 만큼 '나'의 집은 점순네의 눈치를 안 볼 수가 없어요. 잘못 보였다가는 소작권을 잃고 땅을 떼여 생업을 잃게 될 테니까요. 그래서 '나'의 집은 점순네에게 '일상 굽실거린다'라고 표현하고 있지요.

물론 '나'는 점순네에 대해 대단히 좋게 서술하고 있어요. '나'의 가족이 이 마을에 처음 들어와 집이 없어 곤란했을 때 집터를 빌려 주고 집을 짓도록 마련해 준 것이라든가, 농사 때 양식이 부족하면 그 집에서 꾸어다 먹었다는 것 등을 들어서 점순네에게 고마워

하지요. 어떤 사연인지는 나타나지 않지만 '나'의 가족은 고향을 떠나 이 마을로 흘러들어왔어요. 그러니 이 마을에 도움을 구할 다른 일가친척도 없을 거고요. 이런 형편에 점순네의 호의는 더욱 각별할 거예요. 그렇지만 '나'의 어머니는 점순이와 '나'가 붙어다니지 말 것을 주의시키기도 해요. '내가 점순이하고 일을 저질렀다가는 점순네가 노할 것이고, 그러면 우리는 땅도 떨어지고 집도 내쫓기고 하지 않으면 안되는 까닭'이기 때문이지요. 그러고 보면, '나'가 점순이가 건네준 감자를 거절한 것도 바로 이러한 집안 사이의 처지를 '나'가 나름대로 감안하고 있었기 때문일 수도 있겠네요. 겉으로는 "느 집인 이거 없지?"라는 말에 자존심이 상해 거절했지만, 점순이가 '나'에게 애정 어린 호의를 보이는 것에 대해 미리 거리를 두기 위해서 그녀가 건네준 감자를 거절한 것일 수도 있을 거예요.

Q 작품의 결말 부분에서 '나'와 점순이의 대립이 해소되는데, 그렇다면 '나'와 점순이의 애정을 방해하던 장애물도 모두 사라진 건가요?

A 그렇지는 않아요. '나'와 점순이의 대립은 '나'가 점순네 닭을 죽이면서 절정에 다다랐다가 갑자기 해소되지요. '나'가 점순네 닭을 죽인 것을 점순이가 집에다 이르지 않겠다고 약속하고는 함께 동백꽃 속으로 파묻힌 것은, 둘의 애정이 일단 실현된 것으로 볼 수 있어요. 동백꽃 속에서 둘 사이에 무슨 일이 일어났을까요? 작품에서는 다만 "알싸한 그리고 향긋한 그(동백꽃) 냄새에 나는 땅

이 꺼지는 듯이 온 정신이 고만 아찔하였다."라고 표현하고 있을 뿐, 자세히 이야기해 주지는 않아요. 이때 필요한 것이 상상력이지요. 각자 마음대로 상상해 보길 바랍니다. 다만 '나'의 온 정신이 아찔해진 것은 오로지 동백꽃 향기 때문만은 아닐 거예요.

그런데 조금 지나, 아래서 점순이의 어머니가 점순이를 부르는 소리가 들려와요. 그러고는 점순이는 아래로, '나'는 위로 달아나는데, 이렇게 다른 방향으로 달아나는 것 자체가 둘의 운명이 앞으로도 순탄하지 않을 것임을 암시하지요. 둘 사이의 애정은 실현되었으나, 실질적으로 둘 사이의 애정을 가로막고 있는 현실은 전혀 변하지 않았어요. 두 사람이 그 현실에 어떻게 대처해 나갈 것인가도 역시 독자들의 상상력에 맡겨져 있을 뿐이지요.

Q 이 작품의 '나'와 〈봄·봄〉의 '나'는 비슷하면서도 조금 다른 인물 같은데요, 어떤 점에서 그러한가요?

A 두 작품은 모두 어수룩하고 순박한 농촌 청년인 '나'와 점순이의 애정 관계를 다루고 있어 유사한 측면이 있어요. 소재적으로 보더라도 점순이가 '나'에 비해 더 적극적인 점이나, 점순네가 마름이고 '나'는 그에 비해 하위 계층에 속하는 점도 비슷해요. 게다가 둘 다 해학성이 두드러진 작품으로 '나'의 무지가 웃음을 유발하는 근거가 된다는 점도 유사하지요.

하지만 〈봄·봄〉의 '나'와 비교하여 이 작품의 '나'는 다른 점이 있어요. 무엇보다 〈봄·봄〉에서는 '나'가 점순이와 직접 대립하지 않고 장인어른과 대립하는 데 반해, 이 작품에서 '나'는 점순이와 직접 대립하지요. 그런데 사실상 두 작품 모두 '나'와 점순이는 대립하는 관계가 아니에요. 결국 두 사람은 함께 애정을 실현할 '같은 편'인 거지요. 하지만 그것을 실현하는 데에는 장애물이 있어요. 〈봄·봄〉에서는 장인어른이었죠. 그렇다면 이 작품에서는 뭘까요? 겉으로는 '나'의 무지로 나타납니다.

그런데 사실 〈봄·봄〉의 '나'는 장애물이 장인어른인 것을 잘 모르고 있고 뭉태가 그걸 깨우쳐 주어도 귓등으로 듣지요. 그러다가 점순이가 자기편인 것을 알게 되면서 장인어른과 대립하여 점순이와의 애정을 성취하려고 해요. 그에 반해 이 작품의 '나'는 점순이의 애정 표현을 눈치채지 못하지만, 사실 안다고 해도 집안의 차이로 인해 애정이 실현되기 어렵다는 것을 '스스로 잘 알고' 있지요. 그러니까 이 작품의 '나'는 〈봄·봄〉의 '나'에 비해 그렇게 무지한 것이 아니에요. 이 작품에서 '나'와 점순이의 애정을 가로막고 있는 사실상의 장애물이 바로 집안의 차이(점순네는 마름이고 '나'의 집은 소작인)인 것을 분명히 알고 있으니까요.

❋ 더 읽어 봅시다 ❋

서로 다른 세계에 속한 소년·소녀의 순수한 사랑 이야기를 다룬 작품
황순원, 〈소나기〉 _ 티 없이 맑고 순수한 소년과 소녀의 사랑 이야기를 그린 작품으로, 소녀와의 만남과 이별로 인한 소년의 정신적 성숙 과정을 그린 성장 소설이다.

금 따는 콩밭

금은 예나 지금이나 부의 상징과 같은 물질이에요. 일제 강점기에는 금을 발견하고 캐내기만 하면 오늘날 로또 복권에 당첨된 것처럼 신세를 고칠 수도 있었지요. 그러나 금을 캐어 인생 역전에 성공한 사람은 극소수에 불과했고 대부분의 사람들은 허탕만 쳤답니다. 이 작품은 제목 그대로 농사짓던 콩밭을 파헤쳐 금을 캐내려 한 사람들의 이야기예요. 과연 그들은 금을 캐내는 데 성공하여 인생을 역전시켰을까요?

땅속 저 밑은 늘 음침하다.

고달픈 간드렛불. 맥없이 푸르끼하다. 밤과 달라서 낮엔 되우 흐릿하였다.

겉으로 황토 장벽으로 앞뒤 좌우가 콕 막힌 좁직한 구덩이. 흡사히 무덤 속같이 귀중중하다. 싸늘한 침묵, 쿠더브레한 흙내와 징그러운 냉기만이 그 속에 자욱하다.

곡괭이는 뻔찔 흙을 이르집는다. 암팡스러이 내려쪼며

퍽 퍽 퍽 —

간드레(←candle) 광산의 갱(坑) 안에서 불을 켜 들고 다니는 카바이드등.
맥없이(脈--) 기운이 없이. 아무 까닭도 없이.
푸르끼하다 조금 푸른 빛이 나다. 푸르께하다.
되우 아주 몹시.
귀중중하다 매우 더럽고 지저분하다.
쿠더브레하다 상하고 찌들어 비위가 상할 정도로 냄새가 신선하지 못하고 역겹게 구리다.
이르집다 흙 따위를 파헤치다.
암팡스러이 암팡스레. 몸은 작아도 야무지고 다부진 면이 있게.

이렇게 메떨어진 소리뿐. 그러나 간간 우수수 하고 벽이 헐린다.

영식이는 일손을 놓고 소맷자락을 끌어당기어 얼굴의 땀을 훑는다. 이놈의 줄이 언제나 잡힐는지 기가 찼다. 흙 한 줌을 집어 코 밑에 바짝 들이대고 손가락으로 샅샅이 뒤져 본다. 완연히 버력은 좀 변한 듯싶다. 그러나 불통버력이 아주 다 풀린 것도 아니었다. 말똥버력이라야 금이 나온다는데 왜 이리 안 나오는지.

곡괭이를 다시 집어 든다. 땅에 무릎을 꿇고 궁뎅이를 번쩍 든 채 식식거린다. 곡괭이는 무작정 내려찍는다.

바닥에서 물이 스미어 무르팍이 홍건히 젖었다. 굿 엎은 천판에서 흙방울은 내리며 목덜미로 굴러든다. 어떤 때에는 윗벽의 한쪽이 떨어지며 등을 탕 때리고 부서진다.

그러나 그는 눈도 하나 깜짝하지 않는다. 금을 캔다고 콩밭 하나를 다 잡쳤다. 약이 올라서 죽을 둥 살 둥, 눈이 뒤집힌 이 판이다. 손바닥에 침을 탁 뱉고 곡괭이 자루를 한 번 고쳐 잡더니 쉴 줄 모른다.

메떨어지다 모양이나 말, 행동 따위가 세련되지 못해 어울리지 않고 촌스럽다.
✤ 이놈의 줄이 언제나 잡힐는지 지금 파고 있는 흙 속에서 금줄, 즉 금이 나는 광맥이 언제나 발견될는지.
버력 광석이나 석탄을 캘 때 나오는, 광물 성분이 섞이지 않은 잡돌.
불통버력 소용없는 잡버력.
말똥버력 양파 모양으로 벗겨져 부서지기 쉬운 버력.
굿 광산에서, 무너지지 아니하도록 손을 보아 놓은 구덩이.
✤ 굿 엎은 구덩이가 무너지지 않도록 벽과 천장에 기둥을 세워 놓은.
천판(天板) 천반(天盤). 갱도나 채굴 현장의 천장.

등 뒤에서는 흙 긁는 소리가 드윽드윽 난다. 아직도 버럭을 다 못 친 모양. 이 자식이 일을 하나 시줄 하나. 남은 속이 바직 타는데 웬 뱃심이 이리도 좋아.

영식이는 살기 띠인 시선으로 고개를 돌렸다. 암말 없이 수재를 노려본다. 그제야 꾸물꾸물 바지게에 흙을 담고 등에 메고 사다리를 올라간다.

굿이 풀리는지 벽이 우찔하였다. 흙이 부서져 내린다. 전날이라면 이곳에서 아내 한 번 못 보고 생죽음이나 안 할까 털끝까지 쭈뼛할 게다. 그러나 인젠 그렇게 되고도 싶다. 수재란 놈하고 흙더미에 묻히어 한껍에 죽는다면 그게 오히려 날 게다.

이렇게까지 몹시 몹시 미웠다.

이놈 풍 치는 바람에 애꿎은 콩밭 하나만 결딴을 냈다. 뿐만 아니라 모두가 낭패다. 세벌논도 못 맸다. 논둑의 풀은 성큼 자란 채 어지러이 널려 있다. 이 기미를 알고 지주는 대로하였다. 내년부터는 농사질 생각 마라고 발을 굴렀다. 땅은 암만을 파도 지수가 없다. 이만 해도 다섯 길은 훨씬 넘었으리라. 좀 더 지펴

✤ **시줄 하나** 시조(時調)를 하나. 시조를 창으로 부를 때 속도가 매우 느린 것에 빗대어, 일의 속도가 매우 느린 것을 탓하는 말이다.
바직 '바지직'의 준말. 진땀 따위가 조금씩 살갗으로 배어 나오는 모양.
바지게 짐을 싣기 위해 소쿠리 모양의 물건을 얹은 지게.
한껍에 한꺼번에.
풍(風) 허풍. 실제보다 지나치게 과장하여 믿음성이 없는 말이나 행동.
세벌논 세 번째 김매는 논.
대로하다(大怒--) 크게 화를 내다.
지수 낌새. 문맥상 '금이 나올 낌새'를 뜻함.

야 옳을지 혹은 북으로 밀어야 옳을지, 우두커니 망설거린다. 금점 일에는 풋둥이다. 입때껏 수재의 지휘를 받아 일을 하여 왔고, 앞으로도 역 그러해야 금을 딸 것이다. 그러나 그런 칙칙한 짓은 안 한다.

"이리 와 이것 좀 파게."

그는 어쓴 위풍을 보이며 이렇게 분부하였다. 그리고 저는 일어나 손을 털며 뒤로 물러선다.

수재는 군말 없이 고분하였다. 시키는 대로 땅에 무릎을 꿇고 벽채로 군버력을 긁어낸 다음 다시 파기 시작한다.

영식이는 치다 나머지 버력을 짊어진다. 커단 걸대를 뒤뚝거리며 사다리로 기어오른다. 굿문을 나와 버력더미에 흙을 마악 내치려 할 제

"왜 또 파. 이것들이 미쳤나그래!"

지피다 '깊이다'의 사투리. 깊게 파다.
✱ 좀 더 지피야 옳을지 혹은 북으로 밀어야 옳을지 파던 자리를 더 깊게 파 볼지, 아니면 다른 곳(북쪽)으로 자리를 바꿔 새로 파 볼지.
금점(金店) 금광(金鑛). 금을 캐내는 광산.
풋둥이 풋내기.
입때껏 이때까지.
역(亦) 역시(亦是). 또한.
어쓴 '엇선'의 사투리. '엇서다'는 '양보하거나 수그리지 않고 맞서다'의 의미.
위풍(威風) 위세가 있고 엄숙하여 쉽게 범하기 힘든 풍채나 기세.
벽채 광산에서 광석을 긁어모으거나 파내는 데 쓰는 연장. 호미와 비슷하나 훨씬 크다.
군버력 광석이나 석탄을 캘 때에 나오는, 광물이 섞이지 않은 작은 잠돌.
걸대 물건을 높은 곳에 걸 적에 쓰는 장대. 여기에서는 '바지게를 세울 때 받치는 지겟대'를 뜻함.
굿문 갱도의 입구.
제 때.

산에서 내려오는 마름과 맞닥뜨렸다. 정신이 떠름하여 그대로 뻥뻥히 섰다. 오늘은 또 무슨 포악을 들으려는가.

"말라니깐 왜 또 파는 게야."

하고 영식이의 바지게 뒤를 지팡이로 꽉 찌르더니

"갈아 먹으라는 밭이지, 흙 쓰고 들어가라는 거야, 이 미친 것들아. 콩밭에서 웬 금이 나온다구 이 지랄들이야그래."

하고 목에 핏대를 올린다. 밭을 버리면 간수 잘못한 자기 탓이다. 날마다 와서 그 북새를 피우고 금하여도 담 날 보면 또 여전히 파는 것이다.

"오늘로 이 구뎅이를 도로 묻어 놔야지 낼로 당장 징역 갈 줄 알게."

너무 감정에 격하여 말도 잘 안 나오고 떠듬떠듬 걸린다. 주먹은 곧 날아들 듯이 허구리께서 불불 떤다.

"오늘만 좀 해 보고 그만두겠어유."

영식이는 낯이 붉어지며 가까스로 한마디 하였다. 그리고 무턱대고 빌었다.

마름은 들은 척도 안 하고 가 버린다.

마름 지주를 대리하여 소작권을 관리하는 사람.
떠름하다 좀 얼떨떨한 느낌이 있다.
뻥뻥히 어리둥절하여 얼빠진 사람처럼 멍하게.
포악(暴惡) 사납고 악함.
북새 많은 사람이 야단스럽게 부산을 떨며 법석이는 일.
허구리 허리 좌우의 갈비뼈 아래 잘쏙한 부분.

그 뒷모양을 영식이는 멀거니 배웅하였다. 그러나 콩밭 낯짝을 들여다보니 무던히 애통 터진다. 멀쩡한 밭에가 구멍이 사면 풍풍 뚫렸다. 예제없이 버력은 무더기무더기 쌓였다. 마치 사태 만난 공동묘지와도 같이 귀살쩍고 되우 을씨년스럽다. 그다지 잘되었던 콩 포기는 거반 버력더미에 다아 깔려 버리고 군데군데 어쩌다 남은 놈들만이 고개를 나풀거린다. 그 꼴을 보는 것은 자식 죽는 걸 보는 게 낫지 차마 못할 경상이었다.

농토는 모조리 떨어질 것이다. 그러나 대관절 올 밭 도지 벼 두 섬 반은 뭘로 해내야 좋을지. 게다 밭을 망쳤으니 자칫하면 징역을 갈는지도 모른다.

영식이가 구덩이 안으로 들어왔을 때 동무는 땅에 주저앉아 쉬고 있었다. 태연 무심히 담배만 뻑뻑 피는 것이다.

"언제나 줄을 잡는 거야."

"인제 차차 나오겠지."

"인제 나온다."

하고 코웃음 치고 엇먹더니 조금 지나매

예제없이 여기나 저기나 구별이 없이.
귀살쩍다 정신이 어지러울 정도로 뒤숭숭하다.
을씨년스럽다 보기에 날씨나 분위기 따위가 몹시 스산하고 쓸쓸한 데가 있다.
거반(居半) 거지반(居之半). 거의 절반 가까이.
경상(景狀) 좋지 못한 몰골.
도지(賭地) 남의 논밭을 빌려서 부치고 논밭을 빌린 대가로 해마다 내는 벼.
섬 곡식 따위를 담기 위하여 짚으로 엮어 만든 자루.
엇먹다 사리에 맞지 않는 말과 행동으로 비꼬다.

"이 새끼."

흙덩이를 집어들고 골통*을 내려친다.

수재는 어쿠 하고 그대로 폭 엎드린다. 그러다 벌떡 일어선다. 눈에 띄는 대로 곡괭이를 잡자 대뜸 달겨들었다. 그러나 강약이 부동.* 와살스러운* 팔뚝에 퉁겨져 벽에 가서 쿵 하고 떨어졌다. 그 순간에 제가 빼앗긴 곡괭이가 정배기*를 겨누고 날아드는 걸 보았다. 고개를 홱 돌린다. 곡괭이는 흙벽을 퍽 찍고 다시 나간다.

수재 이름만 들어도 영식이는 이가 갈렸다. 분명히 홀딱 속은 것이다.

영식이는 본디 금점에 이력*이 없었다. 그리고 흥미도 없었다. 다만 밭고랑에 웅크리고 앉아서 땀을 흘려 가며 꾸벅꾸벅 일만 하였다. 올엔 콩도 뜻밖에 잘 열리고 맘이 좀 놓였다.

하루는 홀로 김을 매고 있노라니까

"여보게 덥지 않은가, 좀 쉬었다 하게."

고개를 들어 보니 수재다. 농사는 안 짓고 금점으로만 돌아다니더니 무슨 바람에 또 왔는지 싱글벙글한다. 좋은 수나 걸렸나 하고

골통 '머리'를 속되게 이르는 말.
✤ 강약이 부동 강한 것과 약한 것이 같지 않고 다르다. 수재가 영식에게 대항해 보지만 강한 영식에게 약한 수재가 당해 내지 못한다는 의미이다.
와살스럽다 '우악살스럽다'의 준말. 보기에 매우 미련하고 험상궂은 데가 있다.
정배기 '정수리'의 사투리. 머리 위의 숫구멍이 있는 자리.
 숫구멍 갓난아이의 정수리가 굳지 않아서 숨 쉴 때마다 발딱발딱 뛰는 곳.
이력(履歷) 많이 겪어 보아서 얻게 된 슬기.

"돈 좀 많이 벌었나. 나 좀 채주게."

"벌구말구. 맘껏 먹고 맘껏 쓰고 했네."

술에 거나한 얼굴로 신껏 주적거린다. 그리고 밭머리에 쭈그리고 앉아 한참 객설을 부리더니

"자네, 돈벌이 좀 안 할려나. 이 밭에 금이 묻혔네 금이."

"뭐?"

하니까

바로 이 산 너머 큰골에 광산이 있다, 광부를 삼백여 명이나 부리는 노다지판인데 매일 소출되는 금이 칠십 냥을 넘는다, 돈으로 치면 칠천 원, 그 줄맥이 큰 산허리를 뚫고 이 콩밭으로 뻗어 나왔다는 것이다. 둘이서 파면 불과 열흘 안에 줄을 잡을 게고, 적어도 하루 서 돈씩은 따리라. 우선 삼십 원만 해도 얼마냐. 소를 산대도 반 필이 아니냐고.

그러나 영식이는 귀담아듣지 않았다. 금점이란 칼 물고 뜀뛰기다. 잘되면이거니와 못되면 신세만 조판다. 이렇게 전일부터 들은 소리가 있어서였다.

✤ **나 좀 채주게** 나 좀 취해 주게. 나 좀 빌려 주게.
거나하다 술 따위에 어지간히 취한 상태에 있다.
신껏 흥에 겨워서 한껏.
주적거리다 주책없이 잘난 체하며 자꾸 떠들다.
객설(客說) 쓸데없이 싱거운 소리.
소출되다(所出--) 논밭에서 곡식이 나다. 여기에서는 '(땅속에 묻힌 금을) 캐내다' 정도의 의미로 쓰임.
✤ **칼 물고 뜀뛰기** 몹시 위태로운 일을 모험적으로 행하는 경우를 비유적으로 이르는 말.
조판다 나빠지다. 망치다.

그담 날도 와서 꾀송거리다 갔다.

셋째 번에는 집으로 찾아왔는데 막걸리 한 병을 손에 들고 영을 핀다. 몸이 달아서 또 온 것이었다. 봉당에 걸터앉아서 저녁상을 물끄러미 바라보더니 조당수는 몸을 훑인다는 둥 일꾼은 든든히 먹어야 한다는 둥 남들은 논을 사느니 밭을 사느니 떠드는데 요렇게 지내다 그만둘 테냐는 둥 일쩝게 지절거린다.

"아주머니, 이것 좀 먹게 해 주시게유."

그리고 비로소 영식이 아내에게 술병을 내놓는다. 그들은 밥상을 끼고 앉아서 즐거웁게 술을 마셨다. 몇 잔이 들어가고 보니 영식이의 생각도 저으기 돌아섰다. 딴은 일 년 고생하고 끽 콩 몇 섬 얻어먹느니보다는 금을 캐는 것이 슬기로운 짓이다. 하루에 잘만 캔다면 한 해 줄곧 공들인 그 수확보다 훨씬 이익이다. 올봄 보낼 제 비료값, 품삯, 빚에 빚진 칠 원 까닭에 나날이 졸리는 이 판이다. 이렇게 지지하게 살고 말 바에는 차라리 가로지나 세로지나 사내자식이 한번 해 볼 것이다.

꾀송거리다 달콤하거나 교묘한 말로 자꾸 꾀다.
✤ 영을 핀다 기운을 내거나 기를 편다.
봉당 '토방'의 사투리. 방에 들어가는 문 앞에 좀 높이 편평하게 다진 흙바닥.
조당수 좁쌀을 물에 불린 다음 갈아서 묽게 쑨 음식.
훑이다 부푼 것을 깨끗이 다 씻어 내다.
일쩝다 일거리가 되어 귀찮거나 불편하다.
저으기 적이. 꽤 어지간한 정도로.
지지하다 어떤 일이 오래 끌기만 하고 보잘것없다.
✤ 가로지나 세로지나 짐을 가로로 지나 세로로 지나 등에 지기는 마찬가지라는 뜻으로, 이렇게 되든지 저렇게 되든지 마찬가지인 경우를 비유적으로 이르는 말이다.

"낼부터 우리 파 보세. 돈만 있으면이야, 그까진 콩은."

수재가 안달스리 재우쳐 보챌 제 선뜻 응낙하였다.

"그래 보세, 빌어먹을 거 안됨 고만이지."

그러나 꽁무니에서 죽을 마시고 있던 아내가 허구리를 쿡쿡 찔렀게 망정이지 그렇지 않았더면 좀 주저할 뻔도 하였다.

아내는 아내대로의 셈이 빨랐다.

시체는 금점이 판을 잡았다. 섣부르게 농사만 짓고 있다간 결국 비렁뱅이밖에는 더 못된다. 얼마 안 있으면 산이고 논이고 밭이고 할 것 없이 다 금장이 손에 구멍이 뚫리고 뒤집히고 뒤죽박죽이 될 것이다. 그때는 뭘 파먹고 사나. 자, 보아라. 머슴들은 짜위나 한 듯이 일하다 말고 후딱하면 금점으로들 내빼지 않는가. 일꾼이 없어서 올엔 농사를 질 수 없느니 마느니 하고 동리에서는 떠들썩하다. 그리고 번동 포농이조차 호미를 내던지고 강변으로 개울로 사금을 캐러 달아난다. 그러다 며칠 뒤엔 다비신에다 옥당목을 떨치고 희짜를 뽑는 것이 아닌가.

재우치다 빨리 몰아치거나 재촉하다.
시체(時體) 그 시대의 풍습이나 유행.
✤ 시체는 금점이 판을 잡았다 그 시대에는 금점을 하는 것이 대세를 이루었다.
금장이(金--) 금광업을 하는 사람을 낮잡아 이르는 말.
짜위 남모르게 자기들끼리만 짜고 하는 약속이나 수작. 짬짜미.
다비신 꽃무늬가 새겨진 비단신.
옥당목(玉唐木) 일반 당목보다 촘촘하게 짠 면직물. 빛깔이 희고 품질이 좋다.
  당목 두 가닥 이상의 가는 실을 되게 한 가닥으로 꼰 무명실로 나비가 넓고 발이 곱게 짠 피륙. 광목보다 실이 가늘고 하얗다.
✤ 희짜를 뽑는 가진 것이 없으면서 짐짓 분수에 넘치게 구는.

아내는 콩밭에서 금이 날 줄은 아주 꿈밖이었다. 놀라고도 또 기뻤다. 올에는 노냥 침만 삼키던 그놈 코다리를 짜장 먹어 보겠구나만 하여도 속이 메질 듯이 짜릿하였다. 뒷집 양근댁은 금점 덕택에 남편이 사다 준 고무신을 신고 나릿나릿 걷는 것이 무척 부러웠다. 저도 얼른 금이나 평평 쏟아지면 흰 고무신도 신고 얼굴에 분도 바르고 하리라.

"그렇게 해 보지 뭐. 저 양반 하잔 대로만 하면 어련히 잘될라구."

얼뚤하여 앉았는 남편을 이렇게 추겼던 것이다.

동이 트기 무섭게 콩밭으로 모였다.

수재는 진언이나 하는 듯이 이리 대고 중얼거리고 저리 대고 중얼거리고 하였다. 그리고 덤벙거리며 이리 왔다가 저리 왔다가 하였다. 제 딴은 땅속에 누운 줄맥을 어림하여 보는 맥이었다.

한참을 밭을 헤매다가 산 쪽으로 붙은 한구석에 딱 서며 손가락을 펴 들고 설명한다. 큰 줄이란 본시 산운산을 끼고 도는 법

노냥 '노상'의 사투리. 언제나 변함없이 한 모양으로 줄곧.
코다리 코를 꿰어 꾸덕꾸덕하게 말린 명태.
짜장 과연 정말로.
나릿나릿 동작이 재빠르지 못하고 좀 느린 모양.
얼뚤하다 '얼뜨르르하다'의 사투리. 얼떨떨하다.
추기다 다른 사람을 꾀어서 무엇을 하도록 하다.
진언(眞言) 비밀스러운 어구. 주문(呪文).
맥(脈) 맥락. 의도.

이다. 이 줄이 노다지임에는 필시 이켠으로 버듬히˚ 누웠으리라. 그러니 여기서부터 파 들어 가자는 것이었다.

영식이는 그 말이 무슨 소린지 새기지는˚ 못했다. 마는 금점에는 난다는✽ 수재이니 그 말대로 하기만 하면 영락없이 금퇴야 나겠지 하고 그것만 꼭 믿었다. 군말 없이 지시해 받은 곳에다 삽을 푹 꽂고 파헤치기 시작하였다.

금도 금이면 앨 써 키워 온 콩도 콩이었다. 거진 다 자란 허울 멀쑥한 놈들이 삽 끝에 으스러지고 흙에 묻히고 하는 것이다. 그걸 보는 것은 썩 속이 아팠다. 애틋한 생각이 물밀 때✽ 가끔 삽을 놓고 허리를 구부려서 콩잎의 흙을 털어 주기도 하였다.

"아 이 사람아, 맥쩍게˚ 그건 봐 뭘 해, 금을 캐자니깐."

"아니야, 허리가 좀 아퍼서……."

핀잔을 얻어먹고는 좀 열적었다.˚ 하기는 금만 잘 터져 나오면 이까짓 콩밭쯤이야. 이 밭을 풀어 논도 만들 수 있을 것이다. 눈을 감아 버리고 삽의 흙을 아무렇게나 콩잎 위로 홱홱 내어던진다.

버듬히 '버드름히'의 준말. 큰 물체 따위가 밖으로 약간 빈은 듯하게.
새기다 글이나 말의 뜻을 알기 쉽게 풀이하다.
✽ **금점에는 난다는** 금점에서의 경험이 많아 난다 긴다 하는. 금점에서의 경험이 많아 남보다 뛰어나다는.
금퇴(金 -) 금이 들어 있는 광석.
✽ **물밀 때** 조수가 육지로 밀려올 때. 여기에서는 '생각이 물밀 듯 밀려올 때'를 뜻함.
맥쩍다 심심하고 재미가 없다. 열없고 쑥스럽다.
열적다 '열없다'의 사투리. 좀 겸연쩍고 부끄럽다.

"국으루 땅이나 파먹지 이게 무슨 지랄들이야!"

동리 노인은 뻔찔 찾아와서 귀 거친 소리를 하고 하였다.

밭에 구멍을 셋이나 뚫었다. 그리고 대고 뚫는 길이었다. 금인가 난장을 맞을 건가 그것 때문에 농군은 버렸다. 이게 필연코 세상이 망하려는 징조이리라. 그 소중한 밭에다 구멍을 뚫고 이 지랄이니 그놈이 온전할 겐가.

노인은 제물화에 지팡이를 들어 삿대질을 아니할 수 없었다.

"벼락 맞느니 벼락 맞어!"

"염려 말아유. 누가 알래지유."

영식이는 그럴 적마다 데퉁스레 쏘았다. 골김에 흙을 되는 대로 내꼰지고는 침을 탁 뱉고 구덩이로 들어간다. 그러나 마음 한구석에는 언제나 끈 — 하였다. 줄을 찾는다고 콩밭을 통이 뒤집어 놓았다. 그리고 줄이 언제나 나올지 아직 까맣다. 논도 못 매고 물도 못 보고 벼가 어이 되었는지 그것조차 모른다. 밤에는 잠이 안 와 멀뚱하니 애를 태웠다.

국으루 국으로. 제 생긴 그대로. 또는 자기 주제에 맞게.
✽ 귀 거친 듣기 거북한.
대고 무리하게 자꾸. 계속하여 자꾸.
난장(亂杖) 몰매. 여러 사람이 한꺼번에 덤비어 때리는 매.
제물화에 스스로 화가 나서.
데퉁스레 말과 행동이 거칠고 미련한 데가 있게.
골김 (주로 '골김에', '골김으로' 꼴로 쓰여) 비위에 거슬리거나 마음이 언짢아서 성이 나는 김.
내꼰지다 '내버리다'의 사투리.
끈 — 하다 문맥상 '잊혀지지 않고 생각이 계속 나다'를 뜻함.
통이 전부 다 완전히.

수재는 낙담하는 기색도 없이 늘 하냥이었다. 땅에 웅숭그리고 시적시적 노량으로 땅만 판다.

"줄이 꼭 나오겠나."

하고 목이 말라서 물으면

"이번에 안 나오거든 내 목을 비게."

서슴지 않고 장담을 하고는 꿋꿋하였다.

이걸 보면 영식이도 마음이 좀 뇌는 듯싶었다. 전들 금이 없다면 무슨 멋으로 이 고생을 하랴. 반드시 금은 나올 것이다. 그제서는 이왕 손해는 하릴없거니와 그만두리라던 절망이 스스로 사라지고 다시금 주먹이 쥐어지는 것이었다.

캄캄하게 밤은 어두웠다. 어디선가 뭇 개가 요란히 짖어 댄다.

남편은 진흙투성이를 하고 내려왔다. 풀이 죽어서 몸을 잘 가꾸지도 못하고 아랫목에 축 늘어진다.

이 꼴을 보니 아내는 맥이 다시 풀린다. 오늘도 또 글렀구나. 금이 터지면은 집을 한 채 사 간다고 자랑을 하고 왔더니 이내 헛일이었다.

하냥 늘. 한결같은. 한결같이.
웅숭그리다 춥거나 두려워 몸을 궁상맞게 몹시 웅그리다.
시적시적 힘들이지 않고 느릿느릿 행동하거나 말하는 모양.
노량으로 어정어정 놀면서 느릿느릿.
뇌다 '놓이다'의 준말. 걱정이나 근심, 긴장 따위를 잊거나 풀어 없애다.
전들 저인들, 자기인들.
그제서는 그때에는.
하릴없다 달리 어떻게 할 도리가 없다.

인제 좌지가 나서 낯을 들고 나아갈 염의조차 없어졌다.

남편에게 저녁을 갖다주고 딱하게 바라본다.

"인제 꿔 온 양식도 다 먹었는데……."

"새벽에 산제를 좀 지낼 텐데 한 번만 더 꿰 와."

남의 말에는 대답 없고 유하게 흘게 늦은* 소리뿐, 그리고 드러누운 채 눈을 지그시 감아 버린다.

"죽거리두 없는데 산제는 무슨……."

"듣기 싫어, 요망 맞은 년 같으니."

이 호통에 아내는 그만 멈씰하였다. 요즘 와서는 무턱대고 공연스레 골만 내는 남편이 역시 딱하였다. 환장을 하는지 밤잠도 아니 자고 소리만 뻑뻑 지르며 덤벼들려고 든다. 심지어 어린것이 좀 울어도 이 자식 갖다 내꼰지라고 북새를 피우는 것이다.

저녁을 아니 먹으므로 그냥 치워 버렸다. 남편의 영을 거역키 어려워 양근댁한테로 또다시 안 갈 수 없다. 그간 양식은 줄곧 꾸어다 먹고 갚도 못하였는데 또 무슨 면목으로 입을 벌릴지 난처한 노릇이었다.

좌지 짜증.
염의(念意) 무엇을 하고자 하는 생각.
산제(山祭) 산신제. 산신령에게 드리는 제사.
✤ 흘게 늦은 성격이나 하는 짓이 야무지지 못한.
멈씰하다 '멈칫하다'의 사투리. 하던 일이나 동작을 갑자기 멈추다. 또는 멈추게 하다.
환장(換腸) 어떤 것에 지나치게 몰두하여 정신을 못 차리는 지경이 됨을 속되게 이르는 말.
영(令) 명령.

그는 생각다 끝에 있는 염치를 보째 쏟아던지고 다시 한 번 찾아가는 것이다. 마는 딱 맞닥뜨리어 입을 열고

"낼 산제를 지낸다는데 쌀이 있어야지유······."

하자니 역시 낯이 화끈하고 모닥불이 날아든다.

그러나 그들은 어지간히 착한 사람이었다.

"암 그렇지요. 산신이 벗나면 죽도 그릅니다."

하고 말을 받으며 그 남편은 빙그레 웃는다. 워낙이 금점에 장구 닳아난 몸인 만치 이런 일에는 적잖이 속이 틔었다. 순수 쌀 닷 되를 떠다 주며

"산제란 안 지냄 몰라두 이왕 지내려면 아주 정성끗 해야 됩니다. 산신이란 노하길 잘하니까유."

하고 그 비방까지 깨쳐 보낸다.

쌀을 받아 들고 나오며 영식이 처는 고마움보다 먼저 미안에 질리어 얼굴이 다시 빨갰다. 그리고 그들 부부 살아가는 살림이 참으로 참으로 몹시 부러웠다. 양근댁 남편은 날마다 금점으로 감돌며 버럭더미를 뒤지고 토록을 주워 온다. 그걸 온종

보째(褓-) 보, 즉 보자기에 있는 것 전부.
✱ 있는 염치를 보째 쏟아던지고 염치를 모두 버리고.
벗나다 벗나가다. 성격이나 행동이 비뚤어지다.
✱ 죽도 그릅니다 죽도 (밥도) 안 됩니다.
장구(長久) 오랫동안.
비방(秘方) 공개하지 않고 비밀리에 하는 방법.
감돌다 어떤 둘레를 여러 번 빙빙 돌다.
토록 광맥의 본래 줄기에서 떨어져 다른 잡석과 함께 광맥의 곁으로 드러나 있는 광석.

일 장판돌에다 갈면은 수가 좋으면 이삼 원, 옥아도 칠팔십 전
꼴은 매일 셈이 되는 것이었다. 그러면 쌀을 산다, 피륙을 끊는
다, 떡을 한다, 장리를 놓는다……. 그런데 우리는 왜 늘 요 꼴
인지. 생각만 하여도 가슴이 메이는 듯 맥맥한 한숨이 연발을
하는 것이었다.

아내는 집에 돌아와 떡쌀을 담그었다. 낼은 뭘로 죽을 쑤어
먹을는지. 윗목에 웅크리고 앉아서 맞은쪽에 자빠져 있는 남편
을 곁눈으로 살짝 할겨 본다. 남들은 돌아다니며 잘도 금을 주
워 오련만 저 망나니 제 밭 하나를 다 버려도 금 한 톨 못 주워
오나. 에, 에, 변변치도 못한 사나이. 저도 모르게 얕은 한숨이
거푸 두 번을 터진다.

밤이 이슥하여 그들 양주는 떡을 하러 나왔다. 남편은 절구
에 쿵쿵 빻았다. 그러나 체가 없다. 동네로 돌아다니며 빌려 오
느라고 아내는 다리에 불풍이 났다.

"왜 이리 앉었수, 불 좀 지피지."

떡을 찌다가 얼이 빠져서 멍하니 앉았는 남편이 밉살스럽다.

장판돌 광물을 골라낼 때에, 광석을 올려놓고 두드려 깨뜨리는 데 쓰는 받침돌.
옥다 장사 따위에서 본전보다 밑지다.
피륙 아직 끊지 아니한 베, 무명, 비단 따위의 천을 통틀어 이르는 말.
장리(長利) 돈이나 곡식을 꾸어 주고, 받을 때에는 한 해 이자로 본디 곡식의 절반 이상을 받는
변리(邊利).
 변리(邊利) 남에게 돈을 빌려 쓴 대가로 치르는 일정한 비율의 돈.
맥맥하다 코가 막혀 숨쉬기가 갑갑하다.
양주(兩主) 바깥주인과 안주인이라는 뜻으로, 남편과 아내를 아울러 이르는 말.
✢ 불풍이 났다 경련이 일었다. 근육에 쥐가 났다.

남은 이래저래 애를 죄는데 저건 무슨 생각을 하고 저리 있는 건지. 낫으로 삭정이를 탁탁 조겨서 던져 주며 아내는 은근히 혹닥이었다.

닭이 두 홰를 치고 나서야 떡은 되었다.

아내는 시루를 이고 남편은 겨드랑에 자리때기를 꼈다. 그리고 캄캄한 산길을 올라간다.

비탈길을 얼마 올라가서야 콩밭은 놓였다. 전면이 우뚝한 검은 산에 둘리어 막힌 곳이었다. 가생이로 느티·대추나무들은 머리를 풀었다.

밭머리 조금 못 미쳐 남편은 걸음을 멈추자 뒤의 아내를 돌아본다.

"인 내, 그리고 여기 가만히 섰어."

시루를 받아 한 팔로 껴안고 그는 혼자서 콩밭으로 올라섰다. 앞에 쌓인 것이 모두가 흙더미, 그 흙더미를 마악 돌아서려 할 제 아마 돌을 찼나 보다. 몸이 쓰러지려고 우찔끈하니 아내는 기겁을 하여 뛰어오르며 그를 부축하였다.

"부정 타라구 왜 올라와, 요망 맞은 년."

조기다 마구 두들기거나 패다.
혹닥이다 세차게 다그치다.
홰 새벽에 닭이 올라앉아 나무 막대를 치면서 우는 차례를 세는 단위.
✤ 가생이로 느티·대추나무들은 머리를 풀었다 콩밭 가장자리로 느티나무와 대추나무들이 가지를 길게 늘어뜨려 마치 머리를 풀고 있는 듯이 보였다.
인 이리. 이쪽으로.

남편은 몸을 고르잡자 소리를 빽 지르며 아내를 얼쌈을 붙인다. 가뜩이나 죽으라 죽으라 하는데 불길하게도 계집년이. 그는 마뜩지 않게 두덜거리며 밭으로 들어간다.

　밭 한가운데다 자리를 펴고 그 위에 시루를 놓았다. 그리고 시루 앞에다 공손하고 정성스레 재배를 커다랗게 한다.

　"우리를 살려 줍시사. 산신께서 거들어 주지 않으면 저희는 죽을 밖에 꼼짝 없습니다유."

　그는 손을 모으고 이렇게 축원하였다.

　아내는 이 꼴을 바라보며 독이 뾰록같이 올랐다. 금점을 합네 하고 금 한 톨 못 캐는 것이 버릇만 점점 글러간다. 그전에는 없더니 요새로 건뜻하면 탕탕 때리는 못된 버릇이 생긴 것이다. 금을 캐랬지 뺨을 치랬나. 제발 덕분에 고놈의 금 좀 나오지 말았으면. 그는 뺨 맞은 앙심으로 맘껏 방자하였다.

　하긴 아내의 말 고대로 되었다. 열흘이 썩 넘어도 산신은 깜깜무소식이었다. 남편은 밤낮으로 눈을 까뒤집고 구덩이에 묻혀 있었다. 어쩌다 집엘 내려오는 때이면 얼굴이 헐떡하고 어깨가 축 늘어지고 거반 병객이었다. 그러고서 잠자코 커단 몸집을

얼쌈 얼떨결에 치는 쌈.
두덜거리다 남이 알아듣기 어려울 정도의 낮은 목소리로 자꾸 불평을 하다.
재배(再拜) 두 번 절함. 또는 그 절.
뾰록 '뾰루지'의 사투리. 뾰족하게 생긴 작은 부스럼.
건뜻하면 걸핏하면.
방자하다 남이 못되거나 재앙을 받도록 귀신에게 빌어 저주하거나 그런 방법이나 기술을 쓰다.
병객(病客) 병자(病者).

방고래에다 쿵 하고 내던지고 하는 것이다.

"제미붙을, 죽어나 버렸으면!"

혹은 이렇게 탄식하기도 하였다.

아내는 바가지에 점심을 이고서 집을 나섰다. 젖먹이는 등을 두드리며 좋다고 끽끽거린다.

인젠 흰 고무신이고 코다리고 생각조차 물렸다. 그리고 금 하는 소리만 들어도 입에 신물이 날 만큼 되었다. 그건 고사하고 꿔다 먹은 양식에 졸리지나 말았으면 그만도 좋으리마는.

가을은 논으로 밭으로 누렇게 내리었다. 농군들은 기꺼운 낯을 하고 서로 만나면 흥겨운 농담. 그러나 남편은 앰한 밭만 망치고 논조차 건살 못하였으니 이 가을에는 뭘 거둬들이고 뭘 즐겨 할는지. 그는 동리 사람의 이목이 부끄러워 산길로 돌았다.

솔숲을 나서서 멀리 밭에를 바라보니 둘이 다 나와 있다. 오늘도 또 싸운 모양. 하나는 이쪽 흙더미에 앉았고 하나는 저쪽에 앉았고 서로들 외면하여 담배만 뻑뻑 피운다.

"점심들 잡숫게유."

남편 앞에 바가지를 내려놓으며 가만히 맥을 보았다.

방고래 방의 구들장 밑으로 나 있는, 불길과 연기가 통하여 나가는 길. 여기에서는 방고래 위에 깔아 방바닥을 만드는 얇고 넓은 돌인 '방구들'을 뜻함.
물리다 대하기 싫을 만치 몹시 싫증이 나다.
기껍다 마음속으로 은근히 기쁘다.
앰하다 '애매하다'의 준말. 아무 잘못 없이 꾸중을 듣거나 벌을 받아 억울하다.

남편은 적삼이 찢어지고 얼굴에 생채기를 내었다. 그리고 두 팔을 걷고 먼 산을 향하여 묵묵히 앉았다.

수재는 흙에 박혔다 나왔는지 얼굴은커녕 귓속들이 흙투성이다. 코 밑에는 피딱지가 말라붙었고 아직도 조금씩 피가 흘러내린다. 영식이 처를 보더니 열적은 모양. 고개를 돌리어 모로 떨어치며 입맛만 쩍쩍 다신다.

금을 캐라니까 밤낮 피만 내다 말라는가. 빚에 졸리어 남은 속을 볶는데 무슨 호강에 이 지랄들인구. 아내는 못마땅하여 눈가에 살을 모았다.

"산제 지낸다구 뀌 온 것은 은제나 갚는다지유?"

뚱하고 있는 남편을 향하여 말끝을 꼬부린다. 그러나 남편은 눈썹 하나 까딱하지 않는다. 이번에는 어조를 좀 돋우며

"갚지도 못할 걸 왜 뀌 오라 했지유!"

하고 얼추 호령이었다.

이 말은 남편의 채 가라앉지도 못한 분통을 다시 건드린다. 그는 벌떡 일어서며 황밤주먹을 쥐어 낭창할 만치 아내의 골통을 후렸다.

적삼 윗도리에 입는 홑옷. 모양은 저고리와 같다.
생채기 손톱 따위로 할퀴어지거나 긁히어서 생긴 작은 상처.
모로 비껴서. 옆쪽으로.
떨어치다 세게 힘을 들여 떨어지게 하다.
황밤주먹 밤톨같이 단단히 쥔 주먹. '황밤'은 말려서 안팎 껍질을 벗긴 밤.
낭창하다(踉蹌--) 걸음걸이가 비틀거리거나 허둥대어 안정되지 아니하다.

"계집년이 방정맞게!"

다른 것은 모르나 주먹에는 아찔이었다. 멋없이 덤비다간 골통이 부서진다. 암상을 참고 바르르 하다가 이윽고 아내는 등에 업은 언내를 끌러 들었다. 남편에게로 그대로 밀어 던지니 아이는 까르륵 하고 숨 모는 소리를 친다.

그리고 아내는 돌아서서 혼잣말로

"콩밭에서 금을 딴다는 숭맥도 있담."

하고 빗대 놓고 비양거린다.

"이년아, 뭐?"

남편은 대뜸 달겨들며 그 볼치에다 다시 올찬 황밤을 주었다. 적으나면 계집이니 위로도 하여 주련만 요건 분만 폭폭 질러 노려나. 예이, 빌어먹을 거 이판사판이다.

"너허구 안 산다. 오늘루 가거라."

아내를 와락 떠다밀어 논둑에 젖혀 놓고 그 허구리를 퍽 질렀다. 아내는 입을 헉 하고 벌린다.

"네가 허라구 옆구리를 쿡쿡 찌를 제는 은제냐, 요 집안 망할 년."

암상 남을 시기하고 샘을 잘 내는 마음.
언내 '젖먹이', '어린아이'의 사투리.
숭맥 숙맥. 사리 분별을 못하고 세상 물정을 잘 모르는 사람.
비양거리다 '비아냥거리다'의 사투리.
볼치 '볼따구니'의 사투리.
올차다 허술한 데가 없이 야무지고 기운차다.
적으나면 웬만하면.

그리고 다시 퍽 질렀다. 연하여 또 퍽.

이 꼴들을 보니 수재는 조바심이 일었다. 저러다가 그 분풀이가 다시 제게로 슬그머니 옮아올 것을 지레 채었다. 인제 걸리면 죽는다. 그는 비슬비슬하다 어느 틈엔가 구덩이 속으로 시나브로 없어져 버린다.

볕은 다사로운 가을 향취를 풍긴다. 주인을 잃고 콩은 무거운 열매를 둥글둥글 흙에 굴린다. 맞은쪽 산 밑에서 벼들을 베며 기뻐하는 농군의 노래.

"터졌네, 터져!"

수재는 눈이 휘둥그렇게 굿문을 튀어나오며 소리를 친다. 손에는 흙 한 줌이 잔뜩 쥐였다.

"뭐?"

하다가

"금줄 잡았어, 금줄."

"응."

하고 외마디를 뒤남기자 영식이는 수재 앞으로 살같이 달려들었다. 허겁지겁 그 흙을 받아 들고 샅샅이 헤쳐 보니 딴은 재래에 보지 못하던 불그죽죽한 황토이었다. 그는 눈에 눈물이 핑 돌며

"이게 원줄인가?"

연하다(連--) 행위나 현상이 끊이지 않고 계속 이어지다.
지레 채었다 눈치챘다. 알아챘다.
시나브로 모르는 사이에 조금씩 조금씩.

"그럼 이것이 곱색줄이라네. 한 포에 댓 돈씩은 넉넉 잡히데."

영식이는 기쁨보다 먼저 기가 탁 막혔다. 웃어야 옳을지 울어야 옳을지. 다만 입을 반쯤 벌린 채 수재의 얼굴만 멍하니 바라본다.

"이리 와 봐. 이게 금이래."

이윽고 남편은 아내를 부른다. 그리고 내 뭐랬어, 그러게 해보라고 그랬지 하고 설면설면 덤벼오는 아내가 한결 어여뻤다. 그는 엄지가락으로 아내의 눈물을 지워 주고 그리고 나서 껑충거리며 구덩이로 들어간다.

"그 흙 속에 금이 있지요?"

영식이 처가 너무 기뻐서 코다리에 고래등 같은 집까지 연상할 제, 수재는 시원스러이

"네, 한 포대에 오십 원씩 나와유."

하고 대답하고 오늘 밤에는 꼭 정녕코 꼭 달아나리라 생각하였다. 거짓말이란 오래 못 간다. 뽕이 나서 뼈다귀도 못 추리기 전에 훨훨 벗어나는 게 상책이겠다.

■「개벽」(1935. 3) ;『원본 김유정 전집』(강, 2008)

곱색줄 광맥의 하나. 산화한 황화 광물로 이루어진 붉은빛의 광맥이 길게 뻗치어 박인 줄을 이른다.
설면설면 슬금슬금.
✤ **뽕이 나서** 비밀이 드러나서. 비밀이 탄로나서.
상책(上策) 가장 좋은 대책이나 방책.

금 따는 콩밭 **작품 해설**

●등장인물 들여다보기

영식

가진 땅이 없어 지주의 땅을 빌려서 농사를 짓는 소작농입니다. 수재의 꾐에 빠져 콩 농사를 짓던 콩밭을 파서 금을 캐내려 하지만 금이 나오지 않아 한 해 농사마저 망치는 낭패를 봅니다. 원래는 금에 이력도 없고 별 흥미도 없이 꾸벅꾸벅 일만 하는, 성실하고 우직한 농민이었어요. 하지만 수재가 여러 차례 와서 꾀고 아내도 물욕으로 부추기자 그만 유혹에 넘어가고 말지요. 아무리 땅을 파고 산제를 지내고 해 봐도 금이 나올 가능성이 보이지 않자 수재와 아내를 원망하며 난폭해지지만, 수재가 금이 나왔다고 거짓말을 하자 금방 거기에 속아 기뻐할 만큼 어수룩하고 순진한 성격을 지니고 있어요. 1930년대 금광열로 인해 일확천금의 꿈에 빠져 몰락한, 당시 우리 민중을 상징하는 인물이라 할 수 있습니다.

수재

영식을 꾀어 멀쩡하던 콩밭을 파헤쳐 금을 찾도록 충동질하고, 일확천금의 횡재를 노리는 허황된 사내입니다. 영식과 달리 농사는 짓지 않고 금점을 돌아다니며 생활하다가 영식의 밭 너머 산에서 금광이 개발되자, 그 금줄이 영식네 밭으로 연결되어 있다고 여겨 영식에게 밭을 파헤쳐 금을 캐자고 유인합니다. 그러나 금줄이 발견되지 않아 난폭해진 영식을 보며 조바심을 내다가, 끝내 금이 발견되지 않으면 영식에게 맞아죽을 것이 염려되어 거짓으로 금이 발견되었다고 속이고는 달아날 궁리를 하는 사기성 짙은 인물입니다.

영식 아내

영식보다는 셈이 빠르고, 금점 덕을 본 이웃 사람들이 부러워 영식이 수재의 꾐에 빠져들도록 부추기는 인물입니다. 자잘한 물욕으로 인해 남편을 부추기기는 했지만 금이 발견되지 않아 난폭해진 남편에게 폭언과 폭행을 당하자, 남편을 비아냥거리며 금이 나오지 않기를 바라기도 하지요. 하지만 수재가 금이 발견되었다고 속이자 또 금세 기뻐 어쩔 줄 몰라 하는 순박한 성격입니다.

● 작품 Q&A

"선생님, 궁금해요!"

Q 이 작품의 시간적, 공간적 배경은 어떻게 되나요?

A 이 작품에서는 시간적, 공간적 배경에 대해 딱히 언급이 없어요. 그러면 시간적 배경은 작품의 창작 당시가 되겠지요. 이 작품은

1930년대에 창작되었으니 시간적 배경은 1930년대라 할 수 있어요. 공간적 배경은 벼농사와 콩 농사를 짓는 논밭이 있고 주변에 산이 있는 시골이 될 것입니다. 대부분의 김유정 작품이 강원도를 배경으로 하고 있는 점을 감안하면, 이 작품의 공간적 배경도 아마 강원도의 어느 시골이라 추측할 수 있어요.

Q 영식이 자신이 농사짓던 콩밭을 파헤쳐 금을 찾으려 하는데, 지주나 마름, 동리 노인들이 꾸중하는 것은 무엇 때문인가요?

A 영식이 콩밭을 파헤쳐 금을 찾아 나서자, 지주는 크게 화를 내며 내년부터는 농사질 생각 마라고 발을 구르고, 마름은 "이 미친 것들아. 콩밭에서 웬 금이 나온다구 이 지랄들이야그래." 하고 목에 핏대를 올립니다. 또한 동리 노인들도 "국으루 땅이나 파먹지 이게 무슨 지랄들이야!"라고 귀 거친 소리를 하지요. 그런데 이 세 부류는 제각기 입장이 조금씩 다릅니다. 동리 노인들은 영식과 직접적인 이해관계가 없어요. 그러니까 이들은 농사꾼이란 우직하게 농사일을 해서 먹고살아야 한다는 상식에 입각해서 영식을 나무라는 거에요. 그러나 지주와 마름은 달라요. 지주란 영식에게 땅을 빌려 준 사람이에요. 땅을 빌려 준 대신 영식이 농사를 지어서 추수를 하면 거기서 소작료를 받아 챙기는 거지요. 마름은 지주를 대신하여 이런 소작인들을 관리하는 사람이에요. 그러니까 영식이 금을 찾겠다고 콩밭을 갈아엎으면 이들은 손해를 보지 않을 수 없어요. 지주는 영식에게서 소작료를 받기 어려울 것이고, 마름은 지주에게서 소작인 간수를 잘못한 탓을 듣겠지요. 하지만 가장 큰 피해를 입을

사람은 영식이 자신일 거예요. 지주나 마름은 다른 수입이 있을 것이니 먹고사는 데 지장이 없겠지만, 영식은 한 해 농사를 망쳐서 당장 먹을 것도 없는 데다가, 이제 내년부터 지주가 자신에게 땅을 빌려 주지 않으면 이후로도 먹고살 방도가 없는 처지가 되지요.

Q 처음에는 수재의 꾐에 넘어가지 않고 "금점이란 칼 물고 뜀뛰기다."라고 생각하던 영식이 끝내 생각이 바뀌어 자신의 콩밭을 파헤쳐 금을 캐내려 한 이유는 무엇인가요?

A 수재가 처음 찾아와 영식의 콩밭으로 금줄이 뻗어 있다고 했을 때 영식은 귀담아듣지 않아요. 그러다가 수재가 거듭 찾아오고 아예 셋째 번에는 막걸리까지 들고 와서 영식에게 권하며 함께 즐겁게 술을 마시지요. 그렇게 몇 잔 마시다 보니 영식의 생각도 돌아서게 된 거예요. 일 년 고생하고 끽해야 콩 몇 섬 얻어먹느니보다는 금을 캐는 것이 슬기로운 짓이라고 여긴 것이지요. 게다가 아내도 코다리와 고무신 욕심이 나서 영식의 허리를 쿡쿡 찌르면서, "저 양반(수재) 하잔 대로만 하면 어련히 잘될라구." 하고 영식을 부추겨요. 그래서 결국 영식은 애초의 생각을 바꿔서 콩밭을 파헤쳐 금을 찾고자 나선 거예요.

Q 그러면 영식은 수재라는 나쁜 사람과 아내의 물욕 때문에 신세를 망치게 된 것인가요?

A 일단 영식이 생각을 바꾸게 된 직접적인 원인으로는 수재의 계속된 꾐과 아내의 부추김을 들 수 있겠지요. 그런데 영식이 생각

을 바꾸게 되는 과정을 서술한 대목을 꼼꼼히 읽어 보면, 다른 간접적인 원인들이 작용하고 있음을 알 수 있어요. 우선 영식의 생각이 돌아서는 대목에서 "하루에 잘만 (금을) 캔다면 한 해 줄곧 공들인 그 수확보다 훨씬 이익이다."라고 하면서 올봄 농사를 지은 결과가 비료값이나 품삯, 빚 등으로 해서 나날이 졸리고 있다고 쓰고 있어요. 그러니까 영식은 열심히 농사를 지어 봐야 먹고살기가 쉽지 않은 상태에 있는 거지요. 이는 무엇보다 자기 땅이 없어서이기도 해요. 남의 땅을 빌려서 농사를 지으면 일단 수확한 것의 거의 절반을 소작료로 물어야 하고, 그 외에도 비료값과 품삯, 빚 등을 제하고 나면 남는 게 별로 없거든요. 영식만이 아니라 당시 대부분의 농민들이 비슷한 처지에 있었어요. 열심히 농사를 지어도 먹고살기가 어려운 현실이 영식과 같은 농민들로 하여금 일확천금의 헛된 꿈을 꾸도록 만드는 진짜 원인이라고 할 수 있지요.

또한 당시는 '금점이 판을 잡았다'고 했어요. 곧 금을 캐내기 위해 여기저기 산과 들을 파헤쳐 대는 '금광열(金鑛熱, gold rush : 금광업에 대한 호기심을 가지고 서로 경쟁적으로 금광업을 하려는 열기나 그런 사회적 분위기)'이 크게 유행했던 거지요. 그런데 이 금광열이 단순히 우리나라 사람들의 일확천금에 대한 욕심 때문에 일어난 것만은 아니에요. 일본 제국주의가 전쟁 준비를 하면서 필요한 물자를 마련하기 위해 산금(產金 : 금 생산) 장려 정책을 폈기 때문입니다. 그 결과 일부 사람들은 '재미'를 보기도 했어요. 재미를 본 사람도 있기 때문에 더욱더 많은 사람들이 허황된 꿈을 꾸게 된 거예요. 영식의 아내도 뒷집 양근댁이 금점 덕택에 남편이 사다 준 흰 고무신을 신게 된 것이 부러워서 남편더러 콩밭을 파헤쳐 금을 찾아보라고 부추기잖아요. 그러니까 영식의 심경 변화에는, 한편으로는 농민들의 궁핍한 현실, 다른 한편으로는 일본 제국주의의 수탈 정책이 더 중요한 원인으로 가로놓여 있는 셈이지요. 물론 이 작품에서 일본 제국주의의 정책에 대해서 직접 언급한 대목은 하나도 없어요.

그렇지만 이 무렵에는 '검열'이 심했어요. 일본 제국주의 정책의 결과임을 암시하는 구절만 들어갔어도 이 작품은 아예 발표되지 못했을 수도 있지요.

Q 이 작품을 '욕망에 이끌리는 인간의 탐욕적인 삶의 양식을 해학적으로 희화화한 작품'이라고 하는데, 그렇게 볼 수 있는 근거는 무엇인가요?

A 김유정 작품이 전반적으로 해학(유머)과 풍자를 특징으로 하는 것은 사실이에요. 그리고 이 작품이 일확천금을 노리다가 낭패를 보는 주인공을 그리고 있으므로, '욕망에 이끌리는 인간의 탐욕적인 삶의 양식'을 소재로 삼고 있다는 것도 일리가 있는 해석이지요. 그러나 이 작품은 여느 김유정 작품과 달리 해학이나 풍자가 강하지 않아요. 재미있게 읽히기는 하지만 웃음을 유발하거나 하지는 않지요. 오히려 작품의 전체적인 분위기는, 콩밭을 갈아엎고 파내려간 땅속을 묘사하고 있는 첫 장면처럼, 무겁지요. 그리고 풍자란 날카롭게 비판을 하되 정색을 하고 비판하는 것이 아니라 우스꽝스럽게 희화화해서 비판하는 걸 말하는데, 이 작품에서는 비판도 잘 이루어지지 않고 있어요. 가령 영식으로 하여금 콩밭을 갈아엎

고 금을 캐도록 유도하는 수재라는 인물도 그렇게 나쁜 사람으로 그려지지는 않지요. 물론 수재는 영식에게 허황된 꿈을 꾸게 만들고, 또 마지막에 금이 나올 가능성이 보이지 않자 금이 나올 것처럼 속이고는 달아날 궁리를 하는 등 사기성이 농후하지만, 작품에서 대놓고 그 사기성을 비판하지는 않아요. 마지막에 거짓말을 하는 것도 결국 금이 나오지 않으면 영식에게 맞아죽을 것 같으니까 어찌할 수 없어 꾸며 내는 것이지요. 그리고 영식 아내의 물욕은 코다리를 먹고 싶어 한다거나 흰 고무신을 신고 싶어 하는 등 사실 보통 사람이라면 누구나 가질 법한 욕망이고, 영식 역시 성실하게 농사만 지어서는 먹고살기가 어려우니까 일확천금을 노려 보는 것으로 그려지고 있어요. 그래서 우리는 세 사람 다 실패를 겪는 마지막 장면을 보고서는 통쾌한 느낌을 갖기보다는 짠한 연민의 마음이 들지요. 그러므로 작품이 궁극적으로 비판하려는 것은 세 인물이 보여 주는 탐욕적인 삶의 양식이라기보다는, 세 인물로 하여금 일확천금의 꿈을 꾸게 만드는 당시의 사회 상황이라고 보아야 해요.

❋ 더 읽어 봅시다 ❋

'금'을 소재로 한, 작가의 또 다른 작품
김유정, 〈노다지〉_하룻밤 동안이라는 시간 설정 속에서 모든 인간에게 잠재해 있는 황금에 대한 욕심과 인간의 변화 가능성을 연관 지어 인간 심리의 갈등 구조에 대해 이야기하고 있다.

만무방

 이 작품에는 '응오'와 '응칠'이라는 두 형제가 나옵니다. 이 두 형제는 처음에는 농사만 열심히 짓던 정말 성실한 농군이었어요. 그러나 점차 '만무방'이 되어 가죠. 도대체 이 형제에게 어떤 일이 일어났길래 그렇게 변하게 되었을까요? 작품을 읽으며 그 이유를 한번 생각해 보도록 해요.

만무방 염치가 없이 막된 사람.

산골에 가을은 무르녹았다.

아름드리 노송은 빽빽이 늘어박혔다. 무거운 송낙을 머리에 쓰고 건들건들. 새새이 끼인 도토리, 벚, 돌배, 갈잎 들은 울긋불긋. 잔디를 적시며 맑은 샘이 쫄쫄거린다. 산토끼 두 놈은 한 가로이 마주 앉아 그 물을 할짝거리고. 이따금 정신이 나는 듯 가랑잎은 부스스 하고 떨린다. 산산한 산들바람. 귀여운 들국화는 그 품에 새뜩새뜩 넘논다. 흙내와 함께 향긋한 땅김이 코를 찌른다. 요놈은 싸리버섯, 요놈은 잎 썩은 내, 또 요놈은 송이 — 아니, 아니, 가시넝쿨 속에 숨은 박하풀 냄새로군.

응칠이는 뒷짐을 딱 지고 어정어정 노닌다. 유유히 다리를

노송(老松) 늙은 소나무.
송낙 예전에 여승이 주로 쓰던, 송라를 우산 모양으로 엮어 만든 모자. 여기에서는 '송라'를 가리킴.
 송라 송라과의 지의류로, 안개가 잘 끼는 고산 지대에서 자라는 나무의 줄기와 가지에 실타래처럼 주렁주렁 늘어져 달린다.
땅김 땅에서 올라오는 수증기.

옮겨 놓으며 이 나무 저 나무 사이로 호아든다.˙ 코는 공중에서 벌렸다 오므렸다, 연신˙ 이러며 훅훅. 구붓한˙ 한 송목˙ 밑에 이르자 그는 발을 멈춘다. 이번에는 지면에 코를 얕이 갖다 대고 한 바퀴 비잉 나물 끼고 돌았다.

'아하, 요놈이로군!'

썩은 솔잎에 덮이어 흙이 봉곳이 돋아 올랐다.

그는 손가락을 꾸짖으며 정성스레 살살 헤쳐 본다. 과연 귀여운 송이. 망할 녀석, 조금만 더 나오지. 그걸 뚝 따 들고 뒷짐을 지고 다시 어실렁어실렁. 가끔 선하품은 터진다. 그럴 적마다 두 팔을 떡 벌리곤 먼 하늘을 바라보고 늘어지게도 기지개를 늘인다.

때는 한창 바쁠 추수 때이다. 농군치고 송이 파적˙ 나올 놈은 생겨나도 않았으리라. 하나 그는 꼭 해야만 할 일이 없었다. 싶으면 하고 말면 말고 그저 그뿐. 그러함에는 먹을 것이 더러 있느냐면 있기는커녕 부쳐 먹을 농토조차 없는, 계집도 없고 자식도 없고. 방은 있대야 남의 곁방이요 잠은 새우잠이오. 하지만 오늘 아침만 해도 한 친구가 찾아와서 벼를 털 텐데 일 좀 와 해 달라는 걸 마다하였다. 몇 푼 바람에 그까짓 걸 누가 하느냐. 보

호아들다 이리저리 돌아서 오다.
연신 잇따라 자꾸.
구붓하다 약간 굽은 듯하다.
송목(松木) 소나무.
파적(破寂) 심심풀이. 여기에서의 '송이 파적'은 '송이를 심심풀이 삼아 따러 나오는 일'을 뜻함.

만무방

다는 송이가 좋았다. 왜냐면 이 땅 삼천리 강산에 늘어 놓인 곡식이 말짱 누 거람. 먼저 먹는 놈이 임자 아니냐. 먹다 걸릴 만치 그토록 양식을 쌓아 두고 일이 다 무슨 난장맞을 일이람. 걸리지 않도록 먹을 궁리나 할 게지. 하기는 그도 한 세 번이나 걸려서 구메밥으로 사관을 틀었다. 마는 결국 제 밥상 위에 올라앉은 제 몫도 자칫하면 먹다 걸리긴 매일반……。

올라갈수록 덤불은 욱었다. 머루며 다래, 츩, 게다 이름 모를 잡초. 이것들이 위아래로 이리저리 서리어 좀체 길을 내지 않는다. 그는 잔디 길로만 돌았다. 넓적다리가 벌쭉이는 찢어진 고의 자락을 아끼며 조심조심 사려 딛는다. 손에는 츩으로 엮어 든 일곱 개 송이. 늙은 소나무마다 가선 두리번거린다. 사냥개 모양으로 코로 쿡, 쿡 내를 한다. 이것도 송이 같고 저것도 송이. 어떤 게 알짜 송인지 분간을 모른다. 토끼똥이 소보록한 데 갈잎이 한 잎 똑 떨어졌다. 그 잎을 살며시 들어 보니 송이 대구리가 불쑥 올라왔다. 매우 큰 송인 듯. 그는 반색하여 그 앞에 무릎을 털썩 꿇었다. 그리고 그 위에 두 손을 내들며 열 손가락

난장(亂杖) 몰매. 여러 사람이 한꺼번에 덤비어 때리는 매. 여기에서의 '난장맞을' 은 난장을 맞을 만하다는 뜻으로, 몹시 못마땅할 때 욕으로 하는 말.
구메밥 예전에, 옥에 갇힌 죄수에게 벽 구멍으로 몰래 들여보내던 밥.
사관(四關) 양쪽의 팔꿈치와 무릎 관절을 통틀어 이르는 말.
✤ 사관을 틀었다 문맥상 '사관을 비트는 고문, 즉 주리 틀기를 당했다'라는 의미이다. 따라서 '구메밥으로 사관을 틀었다'는 '구메밥을 먹으며(옥에 갇혀) 주리 틀림을 당했다'는 의미로 볼 수 있다.
욱다 우거지다. 풀, 나무 따위가 자라서 무성해지다.
고의 남자의 여름 홑바지.
대구리 대가리. 주로 길쭉하게 생긴 물건의 앞이나 윗부분.

을 다 퍼 들었다. 가만가만히 살살 흙을 헤쳐 본다. 주먹만 한 송이가 나타난다. 얘 이놈 크구나. 손바닥 위에 따 올려놓고는 한참 들여다보며 싱글벙글한다. 우중충한 구석으로 바위는 벽같이 깎아질렀다. 그 중턱을 얽어 나간 칡잎에서는 물이 쪼록쪼록 흘러내린다. 인삼이 썩어 내리는 약수라 한다. 그는 돌 위에 걸터앉으며 또 한 번 하품을 하였다. 간밤 쓸데없는 노름에 밤을 팬* 것이 몹시 나른하였다. 다사로운 햇발이 숲을 새어 든다. 다람쥐가 솔방울을 떨어치며, 어여쁜 할미새는 앞에서 알씬거리고. 동리에서는 타작을 하느라고 와글거린다. 흥겨워 외치는 목성, 그걸 엎누르고 공중에 웅, 웅 진동하는 벼 터는 기계 소리. 맞은 쪽 산속에서 어린 목동들의 노래는 처량히 울려온다. 산속에 묻힌 마을의 전경을 멀리 바라보다가 그는 눈을 찌긋하며 다시 한 번 하품을 뽑는다. 이 웬놈의 하품일까. 생각해 보니 어제저녁부터 여지껏 창자가 곯림 든 것이다. 불현듯 송이 꾸럼에서 그중 크고 먹음직한 놈을 하나 뽑아 들었다.

응칠이는 그 송이를 물에 써억써억 비벼서는 떡 벌어진 대구리부터 걸쌍스레* 덥석 물어 떼었다. 그리고 넓죽한 입이 움질움질 씹는다. 혀가 녹을 듯이 만질만질하고* 향기로운 그 맛. 이렇게 훌륭한 놈을 입맛만 다시고 못 먹다니. 문득 옛 추억이 혀

패다 새우다. 한숨도 자지 아니하고 밤을 지내다.
걸쌍스레 보기에 일솜씨가 뛰어나거나 먹음새가 좋아서 탐스러운 데가 있게.
만질만질하다 만지거나 주무르기 좋게 연하고 보드랍다.

끝에 뱅뱅 돈다. 이놈을 맛보는 것도 참 근자의 일이다. 감불생심이지 어디 냄새나 똑똑히 맡아 보리. 산속으로 쏘다니다 백판 못 따기도 하려니와 더러 딴다는 놈은 행여 상할까 봐 손도 못 대게 하고 집에 내려다 모고 모고 하는 것이다. 그러나 요행히 한 꾸러미 차면 금시로 장에 가져다 판다. 이틀 사흘씩 공때린 거로되 잘하면 사십 전, 못 받으면 이십오 전. 저녁거리를 기다리는 아내를 생각하며 좁쌀 서너 되를 손에 사 들고 어두운 고개티를 터덜터덜 올라오는 건 좋으나 이 신세를 뭐에 쓰나 하고 보면 을프냥굿기가 짝이 없겠고…… 이까짓 걸 못 먹어, 그래 홧김에 또 한 놈을 뽑아 들고 이번엔 물에 흙도 씻을 새 없이 그대로 텁석거린다. 그러나 다른 놈들도 별 수 없으렷다. 이 산골이 송이의 본고향이로되 아마 일 년에 한 개조차 먹는 놈이 드물리라.

"흠, 썩어진 두상들!"

그는 폭넓은 얼굴을 일그리며 남이나 들으란 듯이 이렇게 비웃는다. 썩었다 함은 데생겼다 모멸하는 그의 언투이었다. 먹다 나머지 송이 꽁댕이를 바로 자랑스러이 입에다 치뜨리곤 트

근자(近者) 근래, 요사이, 어제오늘.
감불생심(敢不生心) 감히 엄두도 내지 못함.
백판(白板) 터무니없이 무리하게. 전혀 생소하게.
고개티 고개를 넘는 가파른 비탈길.
을프냥굿다 문맥상 '을씨년스럽다', '서글프다'를 뜻함.
텁석거리다 자꾸 왈칵 달려들어 머뭇거리지 않고 단번에 빨리 물거나 움켜잡다.
두상(頭上) '머리'의 높임말. 여기에서는 오히려 '사람'을 다소 비하해서 일컫는 말.
데생기다 생김새나 됨됨이가 완전하게 이루어지지 못하여 못나게 생기다.
치뜨리다 아래에서 위로 향하여 던져 올리다.

림을 섞어 가며 우물거린다.

송이 두 개가 들어가니 인제는 더 먹을 재미가 없다. 뭔가 좀 든든한 걸 먹었으면 좋겠는데. 떡, 국수, 말고기, 개고기, 돼지고기, 그렇지 않으면 쇠고기냐. 아따 궁한 판이니 아무거나 있으면 속종˚으로 여러 가질 먹으며 시름없이 앉았다. 그는 눈꼴이 슬그머니 돌아간다. 웬놈의 닭인지 암탉 한 마리가 조 아래 무덤 앞에서 뺑뺑 맨다. 골골거리며 감도는 걸 보매 아마 알자리를 보는 맥˚이라.❋ 그는 돌에서 궁둥이를 들었다. 낮은 하늘로 외면하여 못 본 척하고 닭을 향하여 저편으로 널찍이 돌아내린다. 그러나 무덤까지 왔을 때 몸을 돌리며,

"후, 후, 후, 이 자식이 어딜 가 후우."

두 팔을 벌리고 쫓아간다. 산꼭대기로 치모니˚ 닭은 허둥지둥 갈 길을 모른다. 요리 매낀 조리 매낀, 꼬꼬댁거리며 속만 태울 뿐. 그러나 바위틈에 끼어 와살스러운˚ 그 주먹에 모가지가 둘로 나기에는 불과 몇 분 못 걸렸다.

그는 으슥한 숲 속으로 찾아들었다. 닭의 껍질을 홀랑 까고서 두 다리를 들고 찢으니 배창이 옆구리로 꿰진다. 그놈을 긁

속종 마음속에 품은 소견.
맥(脈) 1. 기운이나 힘. 2. 맥락. 사물 따위가 서로 이어져 있는 관계나 연관. 여기에서는 1의 의미로 쓰임.
❋ 알자리를 보는 맥이라 알을 낳을 자리를 찾고 있는 듯하다.
치몰다 아래쪽에서 위쪽으로 몰다.
와살스럽다 '우악살스럽다'의 준말. 보기에 대단히 무지하고 포악하며 드센 데가 있다.

어 뽑아서 껍질과 한데 뭉치어 흙에 묻어 버린다.

고기가 생기고 보니 연하여 나느니 막걸리 생각. 이걸 부글부글 끓여 놓고 한 사발 떡 켰으면 똑 좋을 텐데 제에기. 응칠이의 고기는 어디 떨어졌는지 술집까지 못 가는 고기였다. 아무려나 고기 먹고 술 먹고 거꾸론 못 먹느냐. 그는 닭의 가슴패기를 입에 들이대고 쭉쭉 찢어 가며 먹기 시작한다. 쫄깃쫄깃한 놈이 제법 맛이 들었다. 가슴을 먹고 넓적다리, 볼기짝을 먹고 거반 반쪽을 다 해내고 나니 어쩐지 맛이 좀 적었다. 결국 음식이란 양념을 해야 하는군.

수풀 속으로 그냥 내던지고 그는 설렁설렁 내려온다. 솔숲을 빠져 화전께로 내리려 할 제 별안간 등뒤에서

"여보게, 거 응칠이 아닌가?"

고개를 돌려 보니 대장간 하는 성팔이가 작달막한 체수에 들갑작거리며 고개를 넘어온다. 그런데 무슨 긴한 일이나 있는지 부리나케 달려들더니

"자네 응고개 논의 벼 없어진 거 아나?"

연하다(連 - -) 행위나 현상이 끊이지 않고 계속 이어지다.
커다 물이나 술 따위를 단숨에 들이마시다.
거반(居半) 거지반(居之半). 거의 절반 가까이.
화전(火田) 주로 산간 지대에서 풀과 나무를 불살라 버리고 그 자리를 파 일구어 농사를 짓는 밭.
체수(體-) 몸의 크기.
들갑작거리다 몸을 몹시 흔들며 까불거리다.
긴하다(緊 - -) 꼭 필요하다. 매우 간절하다.
부리나케 서둘러서 아주 급하게.

응칠이는 고만 가슴이 덜컥 내려앉았다. 이 바쁜 때 농군의 몸으로 응고개까지 앨* 써 갈 놈도 없으려니와 또한 하필 절 보고 벼의 없어짐을 말하는 것이 여간 심상치 않은 일이었다.

잡담 제하고 응칠이는

"자넨 어째서 응고개까지 갔던가?"

하고 대담스레도 그 눈을 쏘아보았다. 그러나 성팔이는 조금도 겁먹은 기색 없이,

"아 어쩌다 지났지 뭘 그래."

하며 도리어 얼레발*을 치고 덤비는 수작이다. 고얀 놈, 응칠이는 입때* 다녀야 동무를 팔아 배를 채우고 그런 비열한 짓은 안 한다. 낯을 붉히자 눈에 불이 보이며

"어쩌다 지났다?"

응칠이가 이 동리에 들어온 것은 어느덧 달이 넘었다. 인제는 물릴 때도 되었고, 좀 떠보고자 생각은 간절하나 아우의 일로 말미암아 망설거리는 중이었다.

그는 오라는 데는 없어도 갈 데는 많았다. 산으로 들로 해변으로 발부리 놓이는 곳이 즉 가는 곳이었다.

그러나 저물면은 그대로 쓰러진다. 남의 방앗간이고 헛간이

앨 애를.
얼레발 남의 환심을 사기 위하여 어벌쩡하게 서두르는 짓.
  어벌쩡하다 제 말이나 행동을 믿게 하려고 말이나 행동을 일부러 슬쩍 어물거려 넘기다.
입때 여태.

고 혹은 강가, 시새장. 물론 수가 좋으면 괴때기 위에서 밤을 편히 잘 적도 있었다. 이렇게 하여 강원도 어수룩한 산골로 이리 넘고 저리 넘고 못 간 데 별로 없이 유람 겸 편답하였다.

그는 한구석에 머물러 있음은 가슴이 답답할 만치 되우 괴로웠다.

그렇다고 응칠이가 본시 역마직성이냐 하면 그런 것도 아니다. 그도 오 년 전에는 사랑하는 아내가 있었고 아들이 있었고 집도 있었고, 그때야 어딜 하루라고 집을 떨어져 보았으랴. 밤마다 아내와 마주 앉으면 어찌하면 이 살림이 좀 늘어 볼까 불어 볼까, 애간장을 태우며 같은 궁리를 되하고 되하였다. 마는 별 뾰족한 수는 없었다. 농사는 열심으로 하는 것 같은데 알고 보면 남는 건 겨우 남의 빚뿐. 이러다가는 결말엔 봉변을 면치 못할 것이다.

하루는 밤이 깊어서 코를 골며 자는 아내를 깨웠다. 밖에 나아가 우리의 세간이 몇 개나 되는지 세어 보라 하였다. 그리고 저는 벼루에 먹을 갈아 붓에 찍어 들었다. 벽에 바른 신문지는 누렇게 그을었다. 그 위에다 아내가 불러주는 물목대로 일일이 내

시새장 모래사장. '시새'는 '세사(細沙)', 즉 '가늘고 고운 모래'를 뜻함.
괴때기 꾀골. 타작을 할 때에 생기는 벼 낟알이 섞인 짚북데기.
   짚북데기 짚이 아무렇게나 뒤섞이어서 엉클어진 뭉텅이.
편답(遍踏) 이곳저곳을 널리 돌아다님.
되우 되게. 아주 몹시.
역마직성(驛馬直星) 늘 분주하게 이리저리 떠돌아다니는 사람을 이르는 말.
봉변(逢變) 뜻밖의 변이나 망신스러운 일을 당함. 또는 그 변.
물목(物目) 물건의 목록.

려 적었다. 독이 세 개, 호미가 둘, 낫이 하나로부터 밥사발, 젓가락, 짚이 석 단까지. 그담에는 제가 빚을 얻어 온 데, 그 사람들의 이름을 쭉 적어 놓았다. 금액은 제각기 그 아래다 달아 놓고. 그 옆으론 조금 사이를 떼어 역시 조선문으로 나의 소유는 이것밖에 없노라, 나는 오십사 원을 갚을 길이 없으매 죄진 몸이라 도망하니 그대들은 아예 싸울 게 아니겠고 서로 의논하여 억울치 않도록 분배하여 가기 바라노라 하는 의미의 성명서를 벽에 남기자 안으로 문들을 걸어 닫고 울타리 밑구멍으로 세 식구 빠져나왔다.

이것이 응칠이가 팔자˙를 고치던˙ 첫날이었다.

그들 부부는 돌아다니며 밥을 빌었다. 아내가 빌어다 남편에게, 남편이 빌어다 아내에게. 그러자 어느 날 밤 아내의 얼굴이 썩 슬픈 빛이었다. 눈보라는 살을 엔다. 다 쓰러져 가는 물방앗간 한구석에서 섬˙을 두르고 언내에게 젖을 먹이며 떨고 있더니 여보게유 하고 고개를 돌린다. 왜, 하니까 그 말이, 이러다간 우리도 고생일뿐더러 첫대˙ 언내˙를 잡겠수, 그러니 서로 갈립시다 하는 것이다. 하긴 그럴 법한 말이다. 쥐뿔도 없는 것들이 붙어 다닌댔자 별수는 없다. 그보다는 서로 갈리어 제 맘대로 빌어먹

팔자(八字) '사주팔자'에서 유래한 말로, 사람의 한평생의 운수.
✤ 팔자를 고치던 '팔자를 고치다'는 흔히 '여자가 재혼하다' 혹은 '가난한 사람이 잘살게 되다'라는 뜻으로 쓰이는 관용구인데, 여기에서는 응칠이가 살던 고향을 등지고 유랑하며 살게 된 것을 반어적으로 표현한 것이다.
섬 곡식 따위를 담기 위하여 짚으로 엮어 만든 자루.
첫대 첫째로. 무엇보다 먼저.
언내 '젖먹이', '어린아이'의 사투리.

만무방

는 것이 오히려 가뜬하리라. 그는 선뜻 응낙하였다. 아내의 말대로 개가를 해 가서 젖먹이나 잘 키우고 몸 성히 있으면 혹 연분이 닿아 다시 만날지도 모르니깐. 마지막으로 아내와 같이 땅바닥에 나란히 누워 하룻밤을 떨고 나서 날이 훤해지자 그는 툭툭 털고 일어섰다.

매팔자란 응칠이의 팔자이겠다.

그는 버젓이 게트림으로 길을 걸어야 걸릴 것은 하나도 없다. 논 맬 걱정도, 호포 바칠 걱정도, 빚 갚을 걱정, 아내 걱정, 또는 굶을 걱정도. 회동그라니 털고 나서니 팔자 중에는 아주 상팔자다. 먹고만 싶으면 도야지고, 닭이고, 개고, 언제나 옆을 떠날 새 없겠지, 그리고 돈, 돈도······.

그러나 주재소는 그를 노려보았다. 툭하면 오라, 가라 하는데 학질이었다. 어느 동리고 가 있다가 불행히 일만 나면 누구보다도 그부터 붙들려 간다. 왜냐면 그는 전과 사범이었다. 처

개가(改嫁) 결혼하였던 여자가 남편과 사별하거나 이혼하여 다른 남자와 결혼함.
매팔자(- 八字) 빈들빈들 놀면서도 먹고사는 걱정이 없는 경우를 이르는 말.
  빈들빈들 게으름을 피우며 부끄러운 줄 모르고 뻔뻔스럽게 놀기만 하는 모양.
게트림 거만스럽게 거드름을 피우며 하는 트림.
호포(戶布) 고려·조선 시대에, 집집마다 봄과 가을에 무명이나 모시 따위로 내던 세금.
회동그랗다 일이 모두 끝나고 남은 것이 없어 가뿐하다.
상팔자(上八字) 썩 좋은 팔자.
주재소(駐在所) 일제 강점기에, 순사가 머무르면서 사무를 맡아보던 경찰의 말단 기관.
✤ 주재소는 그를 노려보았다 일제 경찰의 감시를 받았다.
✤ 학질이었다 '학을 뗐다, 즉 진땀을 뺐다' 정도의 의미이다. '학질(瘧疾)', '학(瘧)'은 말라리아로, '학을 떼다'는 '괴롭거나 어려운 상황을 벗어나느라고 진땀을 빼거나, 그것에 거의 질려 버리다'라는 의미이다.

음에는 도박으로, 다음엔 절도로, 또 고담에도 절도로, 절도로…….

그러나 이번 멀리 아우를 방문함은 생활이 궁하여 근대러® 왔다거나 혹은 일을 해 보러 온 것은 결코 아니었다. 혈족이라곤 단 하나의 동생이요, 또한 오래 못 본 지라 때 없이 그리웠다. 그래 모처럼 찾아온 것이 뜻밖에 덜컥 일을 만났다.

지금까지 논의 벼가 서 있다면 그것은 성한 사람의 짓이라 안 할 것이다.

응오는 응고개 논의 벼를 여태 베지 않았다. 물론 응오가 베어야 할 것이나 누가 듣든지 그 형 응칠이를 먼저 의심하리라. 그럼 여기에 따르는 모든 책임을 응칠이가 혼자 지지 않으면 안 될 것이다.

응오는 진실한 농군이었다. 나이 서른하나로 무던히 철났다 하고 동리에서 쳐주는 모범 청년이었다. 그런데 벼를 베지 않는다. 남은 다들 거둬들였고 털기까지 하련만 그는 벨 생각조차 않는 것이다.

지주®라든 혹은 그에게 장리®를 놓은 김 참판이든 뻔찔 찾아와 벼를 베라 독촉하였다.

근대다 몹시 성가시게 하다.
지주(地主) 자신이 소유한 토지를 남에게 빌려 주고 그 대가로 돈이나 그 외의 물건을 받는 사람.
장리(長利) 돈이나 곡식을 꾸어 주고, 받을 때에는 한 해 이자로 본디 곡식의 절반 이상을 받는 변리(邊利). 흔히 봄에 꾸어 주고 가을에 받는다.
　변리(邊利) 남에게 돈을 빌려 쓴 대가로 치르는 일정한 비율의 돈.

"얼른 털어서 낼 건 내야지."

하면 그 대답은

"계집이 죽게 됐는데 벼는 다 뭐지유."

하고 한결같이 내뱉는 소리뿐이었다.

하기는 응오의 아내가 지금 기지사경이매 틈은 없었다 하더라도 돈이 놀아서 약을 못 쓰는 이 판이니 진시 벼라도 털어야 할 것이다.

그러면 왜 안 털었던가.

그것은 작년 응오와 같이 지주 문전에서 타작을 하던 친구라면 묻지는 않으리라. 한 해 동안 애를 졸이며 홑자식 모양으로 알뜰히 가꾸던 그 벼를 거둬들임은 기쁨에 틀림없었다. 꼭두새벽부터 엣, 엣 하며 괴로움을 모른다. 그러나 캄캄하도록 털고 나서 지주에게 도지를 제하고, 장리쌀을 제하고, 삭초를 제하고 보니 남은 것은 등줄기를 흐르는 식은땀이 있을 따름. 그것은 슬프다 하니보다 끝없이 부끄러웠다. 같이 털어 주던 동무들이

기지사경(幾至死境) 거의 죽을 지경에 이름.
놀다 드물어서 구하기 어렵다.
진시(趁時) 진작.
타작(打作) 곡식의 이삭을 떨어서 낟알을 거두는 일.
도지(賭地) 남의 논밭을 빌려서 농사를 짓고 그 대가로 해마다 내는 벼.
삭초 '색조(色租)'의 사투리. 세곡이나 환곡을 받을 때나 타작할 때에 정부나 지주가 곡식의 질을 보려고 더 받던 곡식.
  세곡(稅穀) 나라에 조세로 바치던 곡식.
  환곡(還穀) 조선 시대에, 곡식을 저장하였다가 백성들에게 봄에 꾸어 주고 가을에 이자를 붙여 거두던 일. 또는 그 곡식.

뻔히 보고 섰는데 빈 지게로 덜렁거리며 집으로 돌아오는 건 진정 열쩍기˙ 짝이 없는 노릇이었다. 참다 참다 응오는 눈에 눈물이 흘렀던 것이다.

가뜩한데 엎치고 덮치더라고 올에는 고나마 흉작이었다. 샛바람과 비에 벼는 깨깨 배틀렸다. 이놈을 가을하다˙간 먹을 게 남지 않음은 물론이요, 빚도 다 못 가릴 모양. 에라, 빌어먹을 거. 너들끼리 캐다 먹든 말든 멋대로 하여라 하고 내던져 두지 않을 수 없다. 벼를 거뒀다고 말만 나면 빚쟁이들은 우 몰려들 거니깐.

응칠이의 죄목은 여기에서도 또렷이 드러난다. 국으로˙ 가만만 있었으면 좋은 걸, 이 사품˙에 뛰어들어 지주의 뺨을 제법 갈긴 것이 응칠이였다.

처음에야 그럴 작정이 아니었다. 그는 여러 곳 물을 마신 이인만치 어지간히 속이 튼 건달이었다. 지주를 만나 까놓고 썩 좋은 소리로 의논하였다. 올 농사는 반실˙이니 도지도 좀 감해 주는 게 어떠냐고. 그러나 지주는 암말 없이 고개를 모로˙ 흔들었다. 정 이러면 하여튼 일 년 품은 빼야 할 테니 나는 그 논에다 불을 지르겠수 하여도 잠자코 응치 않는다. 지주로 보면 자

열쩍다 좀 겸연쩍고 부끄럽다.
가을하다 벼나 보리 따위의 농작물을 거두어들이다.
국으로 제 생긴 그대로. 자기 주제에 맞게.
사품 어떤 동작이나 일이 진행되는 바람이나 겨를.
반실(半失) 절반가량 잃거나 손해를 봄.
모로 옆쪽으로.

기로도 그 벼는 넉넉히 거둬들일 수는 있다. 마는 한 번 버릇을 잘못 해 놓으면 여느 작인˙까지 행실을 버릴까 염려하여 겉으로 독촉만 하고 있는 터이었다. 실상이야 고까짓 벼쯤 있어도 고만, 없어도 고만. 그 심보를 눈치채고 응칠이는 화를 벌컥 낸 것만은 좋으나 저도 모르고 대뜸 주먹뺨이 들어갔던 것이다.

이렇게 문제 중에 있는 벼인데 귀신의 놀음 같은 변괴˙가 생겼다. 다시 말하면 벼가 없어졌다. 그것도 병들어 쓰러진 쭉정이는 제쳐 놓고 무얼로 그랬는지 알짬˙ 이삭만 따 갔다. 그 면적으로 어림하면 아마 못 돼도 한 댓 말가량은 될는지!

응칠이가 아침 일찍이 그 논께로 노닐자 이걸 발견하고 기가 막혔다. 누굴 성가시게 굴려고 그러는지. 산속에 파묻힌 논이라 아직은 본 사람이 없는 모양 같다. 하나 동리에 이 소문이 퍼지기만 하면 저는 어느 모로든 혐의를 받아 폐는 좋이˙ 입어야 될 것이다.˖

응칠이는 송이도 송이려니와 실상은 궁리에 바빴다. 속종으로 지목 갈 만한 놈을 여럿 들어 보았으나 이렇다 짚을 만한 증거가 없다. 어쩌면 재성이나 성팔이 이 둘 중의 짓이리라 하고 결국 이렇게 생각던 것도 응칠이가 아니면 안 될 것이다.

작인(作人) 소작인. 다른 사람의 농지를 빌려 농사를 짓고 그 대가로 사용료를 지급하는 사람.
변괴(變怪) 이상야릇한 일이나 재앙으로 인하여 생긴 변고.
알짬 여럿 가운데에 가장 중요한 내용.
좋이 거리, 수량, 시간 따위가 어느 한도에 미칠 만하게.
✤ 폐는 좋이 입어야 될 것이다 어느 정도 고생을 해야 할 것이다.

원수는 외나무다리에서 만났다.

응칠이는 저의 짐작이 들어맞음을 알고 당장에 일을 낼 듯이 성팔이의 눈을 들이 노렸다.*

성팔이는 신이 나서 떠들다가 그 눈총에 어이가 질리어 고만 벙벙하였다. 그리고 얼굴이 해쓱하여 마주 대고 쳐다보더니

"그래 자네 왜 그케 노하나. 지내다 보니깐 그렇길래 일테면 자네보구 얘기지 뭐……."

하고 뒷갈망을 못하여 우물쭈물한다.

"노하긴 누가 노해!"

응칠이는 버팅겼던 몸에 좀 더 힘을 올리며

"응고개를 어째 갔드냐 말이지?"

"놀러 갔다 오는 길인데 우연히……."

"놀러 갔다, 거기가 노는 덴가?"

"글쎄, 그렇게까지 물을 게 뭔가. 난 응고개 아니라 서울은 못 갈 사람인가?"

하다가 성팔이는 속이 타는지 코로 흐응 하고 날숨을 길게 뽑는다.

이렇게 나오는 데는 더 물을 필요가 없었다. 성팔이란 놈도 여간내기가 아니요, 구장네 솥인가 뭔가 떼다 먹고 한 번 다녀

✱ **들이 노렸다** (눈에 독기를 품고) 날카롭고 모질게 쏘아보았다.
뒷갈망 일의 뒤끝을 맡아서 처리함. 뒷감당.
여간내기 보통내기. 만만하게 여길 만큼 평범한 사람.
구장(區長) 예전에, 시골 동네의 우두머리를 이르던 말.
떼다 남에게서 빌려 온 돈 따위를 돌려주지 않다.

온 놈이었다.✽ 많이 사귀지는 못했으나 동리 평판이 그놈과 같이 다니다가는 엉뚱한 일 만난다 한다. 이번에 응칠이 저 역˙ 그 섭수˙에 걸렸음을 알고

"그야 웅고개라구 못 갈 리 없을 테……."

하고 한번 엇먹다˙. 그러나 자네두 알다시피 거 어디야, 거기 바로 길이 있다든지 사람 사는 동리라면 혹 모른다 하지마는 성한 사람이야 웅고개엘 뭘 먹으러 가나, 그렇지 자네야 심심하니까, 하고 앞을 꽉 눌러 등을 떠본다.✽

여기에는 대답 없고 성팔이는 덤덤히 쳐다만 본다. 무엇을 생각했는가 한참 있더니 호주머니에서 단풍갑˙을 꺼낸다. 우선 제가 한 개를 물고 또 하나를 뽑아 내대며

"궐련˙ 하나 피게."

매우 든직한˙ 낯을 해 보인다.

이놈이 이에 밝기✽가 몹시 밝은 성팔이다. 턱없이 궐련 하나라도 선심을 쓸 궐자˙가 아니리라 생각은 하였으나 그렇다고 예

✽ 한 번 다녀온 놈이었다 경찰서나 감옥에 가서 한 번 형을 살고 나온 놈이었다.
역(亦) 역시(亦是). 또한.
섭수 '수단(手段)'의 사투리.
엇먹다 사리에 맞지 않는 말과 행동으로 비꼬다.
✽ 앞을 꽉 눌러 등을 떠본다 앞길을 가로막아서 상대방이 등 쪽으로 어떤 방향을 취할지 떠본다.
단풍갑 '단풍'이라는 상표명의 담뱃갑.
궐련(卷煙) 얇은 종이로 가늘고 길게 말아 놓은 담배.
든직하다 사람됨이 경솔하지 않고 무게가 있다.
✽ 이에 밝기 이익에 밝기. 이익이 되는 일을 매우 좋아하기.
궐자(厥者) '그'를 낮잡아 부르는 말.

까지 부르대는 건 도리어 저의 처지가 불리하다. 그것은 짜장 그 손에 넘는 짓이니

"아, 웬 궐련은 이래."

하고 슬쩍 눙치며

"성냥 있겠나?"

일부러 불까지 거 대게 하였다.

응칠이에게 액을 떠넘기어 이용하려는 고 야심을 생각하면 곧 달겨들어 다리를 꺾어 놔야 옳을 것이다. 그러나 이 마당에 떠들어 대고 보면 저는 드러누워 침 뱉기. 결국 도적은 뒤로 잡지 앞에서 으르는 법이 아니다. 동리에 소문이 퍼질 것만 두려워하며

"여보게 자네가 했건 내가 했건 간."

하고 과연 정다이 그 등을 툭 치고 나서

"우리 둘만 알고 동리에 말을 내지 말게."

하다가 성팔이가 이 말에 되우 놀라며 눈을 말똥말똥 뜨니

"그까진 벼쯤 먹으면 어떤가!"

부르대다 남을 나무라거나 하는 듯이 거친 말로 야단스럽게 떠들어 대다.
✤ 예까지 부르대는 건 도리어 저의 처지가 불리하다 이것까지, 즉 '이에 밝은 네가 담배 선심을 쓰는 것은 뭔가 켕기는 게 있기 때문이 아니냐'고 야단을 치면 (자신의 의심을 상대방에게 들키는 꼴이 되므로) 도리어 자신의 처지가 불리해진다.
짜장 과연 정말로.
눙치다 1. 마음 따위를 풀어 누그러지게 하다. 2. 어떤 행동이나 말 따위를 문제 삼지 않고 넘기다.
거 '(성냥을) 그어'의 준말.
액(厄) 모질고 사나운 운수.

만무방

하고 껄껄 웃어 버린다.

성팔이는 한 굽 접히어 말문이 메였는지 얼떨하여 입맛만 다신다.

"아예 말은 내지 말게, 응 알지?"

하고 다시 다질 때에야 겨우 주저주저 입을 열어

"내야 무슨 말을 내겠나?"

하고 조금 사이를 떼어 또

"내야 무슨 말을……. 그건 염려 말게."

하더니 비실비실 몸을 돌리어 저 갈 길을 내걷는다. 그러나 저 앞고개까지 가는 동안에 두 번이나 돌아다보며 이쪽을 살피고 살피고 한 것만은 사실이었다.

응칠이는 그 꼴을 이윽히 바라보고 입 안으로 죽일 놈, 하였다. 아무리 도적이라도 같은 동료에게 제 죄를 넘겨씌려 함은 도저히 의리가 아니다.

그건 그렇다 치고 응오가 더 딱하지 않은가. 기껏 힘들여 지어 놓았다 남 좋은 일 한 것을 안다면 눈이 뒤집힐 일이겠다.

이래서야 어디 이웃을 믿어 보겠는가.

확적히 증거만 있어 이놈을 잡으면 대번에 요절을 내리라 결심하고 응칠이는 침을 탁 뱉어 던지고 산을 내려온다.

확적히(確的-) 정확하게 맞아 조금도 틀리지 아니하게.
요절(撓折) 휘어져 부러짐.
❧ 요절을 내리라 (물건 따위가) 못 쓰게 될 만큼 깨어지거나 해어지게 만들리라.

그런데 그놈의 행티로 가늠 보면 응칠이 저만치는 때가 못 벗은 도적이다. 어느 미친놈이 논두렁에까지 가새를 들고 오는가. 격식도 모르는 풋둥이가. 그러려면 바로 조 낟가리나 수수 낟가리 말이지. 그 속에 들어앉아 가새로 속닥거려야 들킬 리도 없고 일도 편하고, 두 포대고 세 포대고 마음껏 딸 수도 있다. 그러나 틈 보고 집으로 나르면 고만이지만 누가 논의 벼를 다. 그렇게도 벼에 걸신이 들렸다면 바로 남의 집 머슴으로 들어가 한 달포 동안 주인 앞에 얼렁거리는 거이거니와 신용을 얻어 놨다가 주는 옷이나 얻어 입고 다들 잠들거든 볏섬이나 두둑이 짊어 메고 덜렁거리면 그뿐이다. 이건 맥도 모르는 게 남도 못살게 굴려고. 에이 망할 자식도. 그는 분노에 살이 다 부들부들 떨리는 듯싶었다. 그러나 이런 좀도적이란 뽕이 나기 전에는 바짝 물고 덤비는 법이었다. 오늘 밤에는 요놈을 지켰다 꼭 붙들어 가지고 정강이를 분질러 놓으리라. 밥을 먹고는 태연히 막걸리 한 사발을 껄떡껄떡 들이켜자

"커. 가을이 되니깐 맛이 행결 낫군!"

행티 '행짜'의 사투리. 심술을 부려 남을 해롭게 하는 행위.
❊ 때가 못 벗은 도적 초짜의 때를 벗지 못한 도적(도둑). 여전히 초보 티가 나는 도적.
가새 '가위'의 사투리.
풋둥이 애송이.
낟가리 낟알이 붙은 곡식을 그대로 쌓은 더미.
걸신(乞神) 1. 빌어먹는 귀신. 2. 염치 없이 지나치게 탐하는 마음을 비유적으로 이르는 말.
❊ 뽕이 나기 전에는 비밀이 드러나기 전에는.
행결 '한결'의 사투리. 전에 비하여서 한층 더.

그는 주먹으로 입가를 쓱쓱 훔친 다음 송이 꾸럼에서 세 개를 뽑는다. 그리고 그걸 갈퀴같이 마른 주막 할머니 손에 내어 주며

"옛수, 송이나 잡숫게유."

하고 술값을 치렀으나

"아이 송이두 고놈 참."

간사˙를 피는 것이 겉으로는 반기는 척하면서도 좀 시쁜˙ 모양이다. 제만은 한 개에 삼 전씩 치더라도 구 전밖에 안되니깐.

응칠이는 슬며시 화가 나서 그 얼굴을 유심히 들여다보았다. 움푹 들어간 볼때기에 저건 또 왜 저리 멋없이 불거졌는지 툭 나온 광대뼈하고 치마 아래로 남실거리는 발가락은 자칫 잘못 보면 황새 발목이니 이건 언제 잡아 가려고 남겨 두는 거야. 보면 볼수록 하나 이쁜 데가 없다. 한두 번 먹은 것도 아니요 언젠가 울타리께 풀을 베어 주고 술사발이나 얻어먹은 적도 있었다. 고렇게 야멸치게˙ 따질 건 뭔가. 그는 눈살을 흘낏 맞추고는 하나를 더 꺼내어

"옛수, 또 하나 잡숫게유."

내던져 주곤 댓돌에 가래침을 탁 뱉었다.

그제야 식성이 좀 풀리는지 그 가축˙으로 웃으며

간사(奸詐) 지나치게 붙임성이 있고 아양을 떠는 면이 있음.
시쁘다 마음에 차지 아니하여 시들하다.
야멸치다 자기만 생각하고 남의 사정을 돌볼 마음이 없다.
가축 물품이나 몸가짐 따위를 알뜰히 매만져서 잘 간직하거나 거둠.

"아이그 이거 자꾸 줌 어떡해."

"어떡하긴, 자꾸 살찌게유."

하고 한마디 툭 쏘고 일어서다가 무엇을 생각함인지 다시 툇마루에 주저앉았다.

"그런데 참 요즘 성팔이 보셨수?"

"아니, 당최 볼 수가 없더구먼."

"술도 안 먹으러 와유?"

"안 와!"

하고는 입속으로 뭐라고 종잘거리며 의아한 낯을 들더니

"왜, 또 뭐 일이……?"

"아니유, 본 지가 하 오래니깐."

응칠이는 말끝을 얼버무리고 고개를 돌리어 한데를 바라본다. 벌써 점심때가 되었는지 닭들이 요란히 울어 댄다. 논둑의 미루나무는 부 하고 또 부 하고 잎이 날리며 팔랑팔랑 하늘로 올라간다.

"성팔이가 이 말에서 얼마나 살았지유?"

"글쎄, 재작년 가을이지 아마."

하고 장죽을 빡빡 빨더니

"근데 또 떠난대든걸, 홍천인가 어디 즈 성님한터로 간대."

종잘거리다 수다스럽게 종알거리다.
한데 일정하게 정하여진 자리가 아닌 다른 곳.
장죽(長竹) 긴 담뱃대.

만무방

하고 그게 옳지 여기서 뭘 하느냐. 대장간이라고 일이나 많으면 모르거니와 밤낮 파리만 날리는걸. 그보다는 즈 형이 크게 농사를 짓는대니 그 뒤나 거들어 주고 국으로 얻어먹는 게 신상에 편하겠지. 그래 불일간* 처자식을 데리고 아마 떠나리라고 하고

"농군은 그저 농사를 지야 돼."

"낼 술 먹으러 또 오지유."

간단히 인사만 하고 응칠이는 다시 일어났다.

주막을 나서니 옷깃을 스치는 개운한 바람이다. 밭 둔덕*의 대추는 척척 늘어진다. 머지 않아 겨울은 또 오렷다. 그는 응오의 집을 바라보며 그간 죽었는지 궁금하였다.

응오는 봉당*에 걸터앉았다. 그 앞 화로에는 약이 바글바글 끓는다. 그는 정신없이 들여다보고 앉았다.

우중충한 방에서는 아내의 가쁜 숨소리가 들린다. 색, 색 하다가 아이구 하고는 까부라지게* 콜록거린다. 가래가 치밀어 몹시 괴로운 모양 — 뽑아 줄 사이가 없이 풀들은 뜰에 엉겼다. 흙이 드러난 지붕에서 망초가 휘어청휘어청. 바람은 가끔 찾아와 싸리문을 흔든다. 그럴 적마다 문은 을씨년스럽게 삐이꺽삐이꺽. 이웃의 발발이는 부엌에서 한창 바쁘게 달그락거린다. 마

불일간(不日間) 불일내(不日內). 며칠 걸리지 아니하는 동안.
둔덕 가운데가 솟아서 볼록하게 언덕이 진 곳.
봉당 '토방'의 사투리. 방에 들어가는 문 앞에 좀 높이 편평하게 다진 흙바닥.
까부라지다 기운이 빠져 몸이 고부라지거나 생기가 없이 나른해지다.

는 아침에 아내에게 먹이고 남은 조죽밖에야. 아니 그것도 참 남편마저 긁었으니 사발에 붙은 찌꺼기뿐이리라…….

"거, 다 졸았나 부다."

응칠이는 약이란 너무 졸면 못쓰니 고만 짜 먹이라 하였다. 약이라야 어제저녁 울 뒤에서 옭아들인 구렁이지만…….

그러나 응오는 듣고도 흘렸는지 혹은 못 들었는지 잠자코 고개도 안 든다.

"옛다, 송이 맛이나 봐라."

하고 형이 손을 내밀 제야 겨우 시선을 들었으나 술이 거나한˙ 그 얼굴을 거북살스레 훑어본다. 그리고 송이를 고맙지 않게 받아 방으로 치뜨리고는

"이거나 먹어."

하다가

"뭐?"

소리를 크게 질렀다. 그래도 잘 들리지 않으므로

"뭐야 뭐야, 좀 똑똑히 하라니깐?"

하고 골피˙를 찌푸린다.

그러나 아내는 손짓만으로 무슨 소린지 알 수가 없다. 음성으로 치느니보다 종이 비비는 소리랄지, 그걸 듣기에는 지척도

거나하다 술 따위에 어지간히 취한 상태에 있다.
골피 문맥상 '이맛살'을 뜻함.

멀었다.*

　가만히 보다 응칠이는 제가 다 불안하여

"뒤보겠다는 게 아니냐!"

"그럼 그렇다 말이 있어야지."

　남편은 이내 짜증을 내며 몸을 일으킨다. 병약한 아내의 음성이 날로 변하여 감을 시방 안 것도 아니련만…….

　그는 방바닥에 늘어져 꼬치꼬치 마른 반송장을 조심히 일으키어 등에 업었다.

　울 밖 밭머리에 잿간은 놓였다. 머리가 눌릴 만치 납작한 굴속이다. 게다 거미줄은 예제없이 엉키었다. 부춛돌 위에 내려놓으니 아내는 벽을 의지하여 웅크리고 앉는다. 그리고 남편은 눈을 멀뚱멀뚱 뜨고 지키고 섰는 것이다.

　이 꼴들을 멀거니 바라보다 응칠이는 마뜩찮게 코를 횅 풀며 입맛을 다시었다. 응오의 짓이 어리석고 울화가 터져서이다. 요즘 응오가 형에게 잘 말도 않고 왜 어뜩비뜩하는지 그 속은 응칠이도 모르는 바 아닐 것이다.

✤ 그걸 듣기에는 지척도 멀었다 (발음이 분명하지 않아) 지척에서, 즉 아주 가까이에서 들어도 알아들을 수가 없었다.
잿간 거름으로 쓸 재를 모아두는 헛간.
예제없이 여기나 저기나 구별이 없이.
부춛돌 재래식 화장실에서, 발로 디디고 앉아 뒤를 보게 한 돌.
마뜩하다 (주로 '않다', '못하다'와 함께 쓰여) 제법 마음에 들 만하다. 여기에서의 '마뜩찮다'는 '마뜩하지 않다'로, '마음에 들지 않다'는 의미이다.
어뜩비뜩하다 행동이 바르거나 단정하지 못하다.

응오가 이 아내를 찾아올 때 꼭 삼 년간을 머슴을 살았다.✥ 그처럼 먹고 싶던 술 한잔 못 먹었고, 그처럼 침을 삼키던 그 개고기 한 매˙ 물론 못 샀다. 그리고 사경˙을 받는 대로 꼭꼭 장리를 놓았으니 후일 선채로 썼던 것이다. 이렇게까지 근사를 모아✥ 얻은 계집이련만 단 두 해가 못 가서 이 꼴이 되고 말았다.

　그러나 이 병이 무슨 병인지 도시˙ 모른다. 의원에게 한 번이라도 변변히 뵌 적이 없다. 혹 안다는 사람의 말인즉 노점이니 어렵다 하였다. 돈만 있으면야 노점이고 염병˙이고 알 바가 못 될 거로되 사날 전 거리로 쫓아 나오며

　"성님!"

하고 팔을 챌 적에는 응오도 어지간히 급한 모양이었다.

　"왜?"

　응칠이가 몸을 돌리니 허둥지둥 그 말이, 인제는 별 도리가 없다. 있다면 꼭 한 가지가 남았으니 그것은 엊그저께 산신을 부리는 노인이 이 마을에 오지 않았는가. 그 도인이 응오를 특

✥ **응오가 이 아내를 찾아올 때 꼭 삼 년간을 머슴을 살았다** 아내를 데려오기 위해 처가에서 삼 년간을 데릴사위로 들어가 머슴을 살았다.
매 고기를 작게 잘라 동여매 놓고 팔 때, 그 덩이나 매어 놓은 묶음을 세는 단위.
사경(私耕) 머슴이 주인에게서 한 해 동안 일한 대가로 받는 돈이나 물건.
선채(先綵) 전통 혼례에서, 혼례를 치르기 전에 신랑 집에서 신부 집으로 보내는 비단.
근사(勤仕) 일에 공을 들임. 또는 그 일.
✥ **근사를 모아** 부지런히 힘을 쓰는 일을 오랫동안 계속하여, 공을 들여.
도시(都是) 도무지. 아무리 해도.
노점(勞漸) 몸이 점점 수척해지고 쇠약해지는 증상. 폐결핵 따위에서 볼 수 있음.
염병(染病) '장티푸스'를 속되게 이르는 말.

히 동정하여 십오 원만 들이어 산치성을 올리면 씻은 듯이 낫게 해 주리라는데

"성님은 언제나 돈 만들 수 있지유?"

"거, 안된다. 치성 들여 날 병이 안 낫겠니."

하여 여전히 딱 떼고, 그러게 내 뭐래던, 애전에 계집 다 내버리고 날 따라나서랬지, 하고

"그래 농군의 살림이란 제 목매기라지!"

그러나 아우가 암말 없이 몸을 휙 돌리어 집으로 들어갈 제 응칠이는 속으로 또 괜한 소리를 했구나 하였다.

응오는 도로 아내를 업어다 방에 뉘었다. 약은 다 졸았다. 물이 식기 전 짜야 할 것이다. 식기를 기다려 약사발을 입에 대어 주니 아내는 군말 없이 그 구렁이 물을 꺽덕꺽덕 들이마신다.

응칠이는 마당에 우두커니 앉았다. 사람의 목숨이란 과연 중하군 하였다. 그러나 계집이라는 저 물건이 저렇게 떼기 어렵도록 중할까 하니 암만해도 알 수 없고

"너 참 요 건너 성팔이 알지?"

"……."

"너허구 친하냐?"

"……."

산치성(山致誠) 산신령에게 정성을 드리는 일.
치성(致誠) 있는 정성을 다함. 신이나 부처에게 지성으로 빎.
애전 애초. 맨 처음.

"성이 뭐래는데 거 대답 좀 하렴."

하고 소리를 빽 질러도 아우는 대답은 말고 고개도 안 든다.

그러나 응칠이는 하늘을 쳐다보고 트림만 끄윽 하고 말았다. 술기가 코를 콱콱 찔러야 할 터인데 이건 풋김치 냄새만 코 밑에서 뱅뱅 돈다. 공짜 김치만 퍼먹을 게 아니라 한잔 더 했더면 좋았을걸. 그는 일어서서 대를 허리에 꽂고 궁둥이의 흙을 털었다. 벼 도적맞은 이야기를 할까, 하다가 아서라 가뜩이나 울상이 속이 쓰릴 것이다. 그보다는 이놈을 잡아 놓고 나중 희짜를 뽑는* 것이 점잖겠지.

그는 문밖으로 나와 버렸다.

답답한 아우의 살림을 보니 역 답답하던 제 살림이 연상되고 가슴이 두 몫 답답하였다.

이런 때에는 무가 십상이다. 사실 하느님이 무를 마련해 낸 것은 참으로 은혜로운 일이다. 맥맥할 때 한 개를 씹고 보면 꿀꺽하고 쿡 치는 그 멋이 좋고. 남의 무밭에 들어가 하나를 쑥 뽑으니 가랑무. 이키, 이거 오늘 운수 대통이로군. 내던지고 그 담 놈을 뽑아 들고 개울로 내려온다. 물에 쓱쓱 닦아서는 꽁지는 이로 베어 던지고 어썩 깨물어 붙인다.

✤ **희짜를 뽑는** (가진 것이 없으면서) 짐짓 분수에 넘치게 구는.
십상 일이나 물건 따위가 어디에 꼭 맞는 것.
맥맥하다 코가 막혀 숨쉬기가 갑갑하다.
가랑무 제대로 굵게 자라지 못하고 밑동이 두세 가랑이로 갈라진 무.

만무방

개울 둔덕에 포플러는 호젓하게도 매초롬히 컸다. 자갈돌은 고 밑에 옹기종기 모였다. 가생이로 잔디가 소보록하다. 응칠이는 나가자빠져 마을을 건너다보며 눈을 멀뚱멀뚱 굴리고 누웠다. 산이 뺑뺑 둘리어 숨이 콕 막힐 듯한 그 마을…….

아리랑 아리랑 아라리요
아리랑 띄어라 노다 가세
증기차는 가자고 왼고동 트는데
정든 님 품 안고 낙루 낙루
아리랑 아리랑 아라리요
아리랑 띄어라 노다 가세
낼 갈지 모레 갈지 내 모르는데
옥씨기 강낭이는 심어 뭐하리
아리랑 아리랑 아라리요
아리랑 띄어라…….

그는 콧노래를 이렇게 흥얼거리다 갑작스레 강릉이 그리웠

매초롬히 젊고 건강하여 아름다운 태가 있게.
가생이 '가장자리'의 사투리.
왼고동 온고동. 고동을 반쯤이 아니라 온전히 다 울리는 것을 말함.
　고동 신호를 위하여 비교적 길게 내는 기적 따위의 소리.
낙루(落淚) 눈물을 흘림. 또는 그 눈물.
옥씨기, 강낭이 '옥수수'의 사투리.

다. 펄펄 뛰는 생선이 좋고, 아침 햇발에 비끼어 힘차게 출렁거리는 그 물결이 좋고. 이까짓 둠 구석에서 쪼들리는 데 대다니. 그래도 제 딴은 무어 농사 좀 지었답시고 악을 복복 쓰며 잘도 떠들어 댄다. 하지만 그런 중에도 어디인가 형언치 못할 쓸쓸함이 떠돌지 않는 것도 아니다. 삼십여 년 전 술을 빚어 놓고 쇠를 울리고 흥에 질리어 어깨춤을 덩실거리고 이러던 가을과는 저 딴 쪽이다. 가을이 오면 기쁨에 넘쳐야 될 시골이 점점 살기만 띠어 옴은 웬일일꼬. 이렇게 보면 재작년 가을 어느 밤 산중에서 낫으로 사람을 찍어 죽인 강도가 문득 머리에 떠오른다. 장을 보고 오는 농군을 농군이 죽였다. 그것도 많이나 되었으면 모르되 빼앗은 것이 한껏 동전 네 닢에 수수 일곱 되. 게다 흔적이 탄로 날까 하여 낫으로 그 얼굴의 껍질을 벗기고 조깃대강이 이기듯 끔찍하게 남기고 조긴 망나니다. 흉악한 자식. 그 알량한 돈 사 전에 나 같으면 가여워 덧돈을 주고라도 왔으리라. 이번 놈은 그 따위 각다귀나 아닐는지 할 때 찬 김과 아울러 치미는 소름에 머리끝이 다 쭈뼛하였다. 그간 아우의 농사를 대신 돌봐 주기에 이럭저럭 날이 늦었다. 오늘 밤에는 이놈을 다리를

둠 두메. 도회에서 멀리 떨어져 사람이 많이 살지 않는 변두리나 깊은 곳.
형언하다(形言--) 사물이나 사람의 모양을 말로 나타내다.
조깃대강이 조기의 대가리.
조기다 마구 두들기거나 패다.
알량하다 시시하고 보잘것없다.
각다귀 남의 것을 뜯어먹고 사는 사람을 비유적으로 이르는 말.

꺾어 놓고 내일쯤은 봐서 설렁설렁 뜨는 것이 옳은 일이겠다. 이 산을 넘을까 저 산을 넘을까 주저거리며 속으로 점을 치다가 슬그머니 코를 골아 올린다.

밤이 내리니 만물은 고요히 잠이 든다. 검푸른 하늘에 산봉우리는 울퉁불퉁 물결을 치고 흐릿한 눈으로 별은 떴다. 그러다 구름 떼가 몰려 닥치면 캄캄한 절벽이 된다. 또한 마을 한복판에는 거친 바람이 오락가락 쓸쓸히 궁글고 이따금 코를 찌름은 후련한 산사 냄새. 북쪽 산 밑 미루나무에 싸여 주막이 있는데 유달리 불이 반짝인다. 노세, 노세, 젊어서 놀아, 노랫소리는 나직나직 한산히 흘러온다. 아마 벼를 뒷심 대고 외상이리라.

응칠이는 잠자코 벌떡 일어나 바깥으로 나섰다. 그리고 다 나와서야 그 집 친구에게 눈치를 안 채이도록

"내 잠깐 다녀옴세!"

"어딜 가나?"

친구는 웬 영문을 몰라서 뻔히 치어다보다 밤이 이렇게 늦었으니 나갈 생각 말고 어여 이리 들어와 자라 하였다. 기껏 둘이 앉아서 개코쥐코 떠들다가 갑자기 일어서니깐 꽤 이상한 모양이었다.

궁글다 '구르다', '뒹굴다'의 사투리.
산사(山査) 산사나무.
뒷심 뒷셈. 어떤 일이 끝난 다음에 하는 셈.
개코쥐코 쓸데없는 이야기로 이러쿵저러쿵하는 모양.

"건넛말 가 담배 한 봉 사 올라구."

"담배 여깄는데 또 사 뭐 하나?"

친구는 호주머니에서 굳이 희연봉˙을 꺼내어 손에 들어 보이더니

"이리 들어와 섬이나 좀 쳐 주게."

"아 참 깜빡……."

하고 응칠이는 미안스러운 낯으로 뒤통수를 긁죽긁죽한다. 하기는 섬을 좀 쳐 달라고 며칠째 당부하는 걸 노름에 몸이 팔리어 고만 잊고 잊고 했던 것이다. 먹고 자고 이렇게 신세를 지면서 이건 썩 안됐다 생각은 했지마는

"내 곧 다녀올걸 뭐……."

어정쩡하게 한마디 남기곤 그 집을 뒤에 남긴다.

그러나 이 친구는

"그럼 곧 다녀오게!"

하고 때를 재치는˙ 법은 없었다. 언제나 여일같이˙

"그럼 잘 다녀오게!"

이렇게 그 신상만 편하기를 비는 것이다.

응칠이는 모든 사람이 저에게 그 어떤 경의를 갖고 대하는 것을 가끔 느끼고 어깨가 으쓱거린다. 백판 모르는 사람도 데리고

희연봉 희연 봉투. '희연'은 담배 상표 이름.
재치다 빨리 몰아치거나 재촉하다.
여일같이(如---) 한결같이.

앉아서 몇 번 말만 좀 하면 대번 구부러진다. 그렇게 장한 것인지 그 일을 하다가, 그 일이라야 도적질이지만, 들어가 욕보던 이야기를 하면 그들은 눈을 커다랗게 뜨고

"아이구, 그걸 어떻게 당하셨수!"
하고 저으기 놀라면서도
"그래 그 돈은 어떡했수?"
"또 그럴 생각이 납디까유?"
"참, 우리 같은 농군에 대면 호강살이유!"
하고들 한편 썩 부러운 모양이었다. 저들도 그와 같이 진탕 먹고 살고는 싶으나 주변 없어 못하는 그 울분에서 그런 이야기만 들어도 다소 위안이 되는 것이다. 응칠이는 이걸 잘 알고 그 누구를 논에다 거꾸로 박아 놓고 달아나다가 붙들리어 경치던 이야기를 부지런히 하며

"자네들은 안적 멀었네, 멀었어."
하고 흰소리를 치면 그들은, 옳다는 뜻이겠지, 묵묵히 고개만 꺼떡꺼떡하며 속없이 술을 사 주고 담배를 사 주고 하는 것이다.

그런데 이번 벼를 훔쳐 간 놈은 응칠이를 마구 넘보는 모양 같다. 이렇게 생각하면 응칠이는 더욱 괘씸하였다. 그는 물푸

저으기 적이. 꽤 어지간한 정도로.
주변 일을 주선하거나 변통함. 또는 그런 재주.
경치다(黥 --) 혹독하게 벌을 받다.
안적 '아직'의 사투리.
흰소리 터무니없이 자랑으로 떠벌리거나 거드럭거리며 허풍을 떠는 말.

레 몽둥이를 벗 삼아 논둑길을 질러서 산으로 올라간다.

이슥한 그믐 칠야˙……

길은 어둡고 흐릿한 언저리만 눈앞에 아물거린다.

그 논까지 칠 마장˙은 느긋하리라. 이 마을을 벗어나는 어귀에 고개 하나를 넘는다. 또 하나를 넘는다. 그러면 그담 고개와 고개 사이에 수목이 울창한 산중턱을 비겨대고˙ 몇 마지기의 논이 놓였다. 응오의 논은 그중의 하나이었다. 길에서 썩 들어앉은 곳이라 잘 뵈도 않는다. 동리에 그런 소문이 안 났을 때에는 천행˙으로 본 놈이 없을 것이나 반드시 성팔이의 성행임에는…….

응칠이는 공동묘지의 첫 고개를 넘었다. 그리고 다음 고개의 마루턱을 올라섰을 때 다리가 주춤하였다. 저 왼편 높은 산고랑에서 불이 반짝 하다 꺼진다. 짐승 불로는 너무 흐리고……. 아하, 이놈들이 또 왔군. 그는 가던 길을 옆으로 새었다. 더듬더듬 나뭇가지를 짚으며 큰 산으로 올라탄다. 바위는 미끌리어 내리며 발등을 찧는다. 딸기 가시에 종아리는 따갑고 엉금엉금 기어서 바위를 끼고 감돈다.

산, 거반 꼭대기에 바위와 바위가 어깨를 겯고˙ 움쑥 들어간

칠야(漆夜) 아주 캄캄한 밤.
마장 거리의 단위. 오 리나 십 리가 못 되는 거리를 이른다.
비겨대다 비스름하게 기대다.
천행(天幸) 하늘이 준 큰 행운.
성행(性行) 성품과 행실을 아울러 이르는 말.
겯다 풀어지거나 자빠지지 않도록 서로 어긋매끼게 끼거나 걸치다
  어긋매끼다 한쪽으로 치우치지 아니하도록 서로 어긋나게 걸치거나 맞추다.

만무방

굴이 있다. 풀들은 뻗치어 굴문을 막는다.

그 속에 돌라앉아서 다섯 놈이 머리들을 맞대고 수군거린다. 불빛이 샐까 염려다. 남폿불을 얕이 달아 놓고 몸들을 바싹바싹 여미어 가리운다.

"어서 후딱후딱 쳐, 갑갑해서 온."

"이번엔 누가 빠지나?"

"이 사람이지 뭘 그래."

"다시 섞어, 어서 이 따위 수작이야."

하고 한 놈이 골을 내고 화투를 빼앗아 제 손으로 섞다가 깜짝 놀란다. 그리고 버썩 대드는 응칠이를 벙벙히 치어다보며 얼떨 한다.

그들은 응칠이가 오는 것을 완고척히˙ 싫어하는 눈치이었다. 이런 애송이 노름판인데 응칠이를 들였다는 맥을 못 쓸 것이다. 속으로는 되우 꺼렸다마는 그렇다고 응칠이의 비위를 건드림 은 더욱 좋지 못하므로

"아, 응칠인가? 어서 들어오게."

하고 선웃음˙을 치는 놈에

"난 올 듯하게, 자넬 기다렸지."

하며 으스대는 놈

완고척히 완고히. 융통성이 없이 올곧고 고집 세게.
선웃음 우습지도 않은데 꾸며서 웃는 웃음.

"하여튼 한 케 떠 보세."

이놈들은 손을 잡아들이며 썩들 환영이었다.

응칠이는 그 속으로 들어서며 무서운 눈으로 좌중을 한번 훑어보았다.

그런데 재성이도 그 틈에 끼여 있는 것이 아닌가. 사날 전만 해도 응칠이더러 먹을 양식이 없으니 돈 좀 취하려던 놈이. 의심이 부쩍 일었다. 도적이란 흔히 이런 노름판에서 씨가 퍼진다. 고 옆으로 기호도 앉았다. 이놈은 며칠 전 제 계집을 팔았다. 그 돈으로 영동 가서 장사를 하겠다던 놈이 노름을 왔다. 제 깟 주제에 딸 듯싶은가. 하나는 용구. 농사엔 힘 안 쓰고 노름에 몸이 달았다. 시키는 부역도 안 나온다고 동리에서 손도를 맞은 놈이다. 그리고 남의 집 머슴녀석. 뽐을 내고 멋없이 점잔을 피우는 중늙은이 상투쟁이. 이 물건은 어서 날아왔는지 보도 못하던 놈이다. 체 이것들이 뭘 한다고.

응칠이는 기호의 등을 꾹 찍어 가지고 밖으로 나왔다.

외딴 곳으로 데리고 와서

"자네 돈 좀 없겠나?"

하고 돌아서다가

케 '켜'의 사투리. 노름하는 횟수를 세는 단위.
취하다(取--) 남에게서 돈이나 물품 따위를 꾸거나 빌리다.
부역(賦役) 국가나 공공 단체가 특정한 공익 사업을 위하여 보수 없이 국민에게 의무적으로 책임을 지우는 노역.
손도(損徒) 도덕적으로 잘못한 사람을 그 지역에서 내쫓음.

"웬걸 돈이 어디······."

눈치만 남고 어름어름하니

"아내와 갈렸다지, 그 돈 다 뭐했나?"

"아 이 사람아, 빚 갚았지."

기호는 눈을 내리깔며 매우 거북한 모양이다. 오른편 엄지로 한 코를 막고 흥 하고 내뿜더니 이번 빚에 졸리어 죽을 뻔했네 하고 묻지 않은 발뺌까지 얹어서 설대로 등어리를 긁죽긁죽한다.

그러나 응칠이는 속으로 이놈 하였다.

응칠이는 실눈을 뜨고 기호를 유심히 쏘아 주었더니

"꼭 사 원 남었네."

하고 선뜻 알리고

"빚 갚고 뭣하고 흐지부지 녹았어."

어색하게도 혼잣말로 우물쭈물 웃어 버린다.

응칠이는 퉁명스러이

"나 이 원만 최게."

하고 손을 내대다 그래도 잘 듣지 않으매

"따서 둘이 노늘 테야, 누가 떼먹나."

하고 소리가 한 번 뻑 아니 나올 수 없다.

이 말에야 기호도 비로소 안심한 듯, 저고리 섶을 쳐들고 홈

설대 담배설대. 담배통과 물부리 사이에 끼워 맞추는 가느다란 대.
최다 '취하다'의 사투리. 빌리다.

척거리다 주뼛주뼛 꺼내 놓는다. 딴은 응칠이의 솜씨면 낙자는 없을 것이다. 설혹 재간이 모자라 잃는다면 우격이라도 도로 몰아갈게니깐…….

"나두 한 케 떠 보세."

응칠이는 우자스레 굴로 기어든다. 그 콧등에는 자신 있는 그리고 흡족한 미소가 떠오른다. 사실이지 노름만치 그를 행복하게 하는 건 다시없었다. 슬프다가도 화투나 투전장을 손에 들면 공연스레 어깨가 으쓱거리고 아무리 일이 바빠도 노름판은 옆에 못 두고 지난다. 그는 이놈 저놈의 눈치를 슬쩍 한번 훑고

"두 패루 너느지?"

응칠이는 재성이와 용구를 데리고 한옆으로 비켜 앉았다. 그리고 신바람이 나서 화투를 섞다가 손을 따악 짚으며

"튀전이래지 이간 화투는 하튼 뭘 할 텐가, 녹빼긴가 켤 텐가?"

"약단이나 그저 보지!"

사방은 매섭게 조용하였다. 바위 위에서 혹 바람에 모래 구르는 소리뿐이다. 어쩌다

딴은 남의 행위나 말을 긍정하여 그럴 듯도 하다는 뜻을 나타내는 말.
✤ 낙자는 없을 것이다 여기에서 '낙자없다'는 '영락없다'의 사투리로, '조금도 틀리지 아니하고 꼭 들어맞을 것이다'라는 의미이다.
우격 억지로 우김.
우자스레 보기에 어리석은 데가 있게.
투전(鬪牋) 노름 도구의 하나. 또는 그것으로 하는 노름.
녹빼기 '녹배기'의 사투리. 점수가 육백 점이 될 때까지 겨루는 화투 놀이.
약단(約短) 화투 놀이에서, 약(約)과 단(短)을 아울러 이르는 말.

"엣다 봐라."

하고 화투짝이 쩔꺽, 한다. 그러곤 다시 쥐죽은 듯 잠잠하다.

그들은 이욕에 몸이 달아서 이야기고 뭐고 할 여지가 없다. 행여 속지나 않는가 하여 눈들이 빨개서 서로 독을 올린다. 어떤 놈이 뜯는 놈이고 어떤 놈이 뜯기는 놈인지 영문 모른다.

응칠이가 한 장을 내던지고 명월공산을 보기 좋게 떡 젖혀 놓으니

"이거 왜 수짜질이야!"

용구는 골을 벌컥 내며 치어다본다.

"뭐가?"

"뭐라니, 아 이 공산 자네 밑에서 빼내지 않았나?"

"봤으면 고만이지 그렇게 노할 건 또 뭔가!"

응칠이는 어설피 입맛을 쩍쩍 다시다

"그럼 이번엔 파토지?"

하고 손의 화투를 땅에 내던지며 껄껄 웃어 버린다.

이때 한옆에서 별안간

"이 자식, 죽인다!"

악을 쓰는 것이니 모두들 놀라며 시선을 몬다. 머슴이 마주

쩔꺽 '쩔꺼덕'의 준말. 크고 단단한 물체가 맞부딪치는 소리.
이욕(利慾) 사사로운 이익을 탐내는 욕심.
명월공산(明月空山) 산 위에 보름달이 그려진 화투짝. 팔광.
수짜질 수작질. '수작'은 남의 말이나 행동, 계획을 낮잡아 이르는 말.
파토 '파투(破鬪)'의 잘못. 화투 놀이에서, 잘못되어 판이 무효가 됨.

앉은 상투의 뺨을 갈겼다. 말인즉 매조˙ 다섯 끗을 엎어 쳤다고……. 하나 정말은 돈을 잃은 것이 분한 것이다. 이 돈이 무슨 돈이냐 하면 일 년 품을 판 피 묻은 사경이다. 이런 돈을 송두리 먹다니…….

"이 자식, 너는 야마시꾼˙이지. 돈 내라."

멱살을 훔켜잡고 다시 두 번을 때린다.

"허, 이눔이 왜 이래누, 어른을 몰라보구."

상투는 책상다리를 잡숫고 허리를 쓰윽 펴더니 점잖이 호령한다. 자식뻘 되는 놈에게 뺨을 맞는 건 말이 좀 덜 된다. 약이 올라서 곧 일을 칠 듯이 엉덩이를 번쩍 들었으나 그러나 그대로 주저앉고 말았다. 악에 바짝 받친 놈을 건드렸다는 결국 이쪽이 손해다. 더럽단 듯이 허허 웃고

"버릇없는 놈 다 봤고!"

하고 꾸짖은 것은 잘됐으나 기어이 어이쿠 하고 그 자리에 푹 엎드러진다. 이마가 터져서 피가 흘렀다. 어느 틈엔가 돌멩이가 날아와 이마의 가죽을 터친 것이다.

응칠이는 싱글거리며 굴을 나섰다. 공연스레 쑥스럽게 일이나 벌어지면 성가신 노릇이다. 그리고 돈 백이나 될 줄 알았더니 다봐야 한 사십 원 될까말까. 그걸 바라고 어느 놈이 앉았는가…….

매조(梅鳥) 매화와 새가 그려져 있는 화투짝.
야마시꾼 사기꾼.

그가 딴 것은 본밑을 알라 구 원 하고 팔십 전이다. 기호에게 오 원을 내주고

"자, 반이 넘네. 자네 계집 잃고 돈 잃고 호강이겠네."

농담으로 비웃어 던지고는 숲으로 설렁설렁 내려온다.

"여보게, 자네에게 청이 있네."

재성이 목이 말라서 바득바득 따라온다. 그 청이란 묻지 않아도 알 수 있었다. 저에게 돈을 다 빼앗기곤 구문이겠지. 시치미를 딱 떼고 나 갈 길만 걷는다.

"여보게 응칠이, 아 내 말 좀 들어!"

그제서는 팔을 잡아낚으며 살려 달라 한다. 돈을 좀 늘릴까 하고 벼 열 말을 팔아 해 보았더니 다 잃었다고. 당장 먹을 게 없어 죽을 지경이니 노름 밑천이나 하게 몇 푼 달라는 것이다. 그러나 벼를 털었으면 그저 먹을 게지 어쭙잖게 노름은……

"그런 걸 왜 너보고 하랐어?"

하고 돌아서며 소리를 뻭 지르다가 가만히 보니 눈에 눈물이 글썽하다. 잠자코 돈 이 원을 꺼내 주었다.

응칠이는 돌에 앉아서 팔짱을 끼고 덜덜 떨고 있다.

사방은 뺑 돌리어 나무에 둘러싸였다. 거무투룩한 그 형상이

본밑(本-) 본밑천. 본전.
알라 아울러.
구문(口文) 흥정을 붙여 주고 그 보수로 받는 돈. 여기에서는 '개평'을 뜻함.
 개평 노름이나 내기 따위에서 남이 가지게 된 몫에서 조금 얻어 가지는 공것.

헐없이˚ 무슨 도깨비 같다. 바람이 불 적마다 쏴 하고 쏴 하고 음충맞게˚ 건들거린다. 어느 때에는 쩍쩍 하고 목을 따는지 비명도 울린다.

그는 가끔 뒤를 돌아보았다. 별일은 없을 줄 아나 혹 뭐가 덤벼들지도 모른다. 서낭당˚은 바로 등 뒤다. 족제빈지 뭔지, 요동통˚에 돌이 무너지며 바스락바스락한다. 그 소리가 묘하게도 등줄기를 쪼옥 긋는다. 어두운 꿈속이다. 하늘에서 이슬은 내리어 옷깃을 축인다. 공포도 공포려니와 냉기로 하여 좀체로 견딜 수가 없었다.

산골은 산신까지도 주렸으렷다. 아들 낳아 달라고 떡 갖다 바칠 이 없을 테니까. 이놈의 영감님 홧김에 덥석 달려들면. 앞뒤를 다시 한 번 휘돌아본 다음 설대를 뽑는다. 그리고 오금팽이로 불을 가리고는 한 대 뻑뻑 피워 물었다. 논은 여남은 칸 떨어져 고 아래 누웠다. 일심정기˚를 다하여 나무 틈으로 뚫어 보고 앉았다. 그러나 땅에 대를 털려니깐 풀숲이 이상스러이 흔들린다. 뱀, 뱀이 아닌가. 구시월 뱀이라니 물리면 고만이다. 자리를 옮겨 앉으며 손으로 입을 막고 하품을 터친다.

헐없이 영락없이. 조금도 틀리지 아니하고 꼭 들어맞게.
음충맞다 마음이 음흉하고 불량하다.
서낭당(--堂) 토지와 마을을 지켜 준다는 서낭신을 모신 집.
요동통 여동통. 중이 밥을 먹기 전에 귀신에게 주려고 한 술 떠 놓는 밥인 여동밥을 담아 두는 통.
오금팽이 구부러진 물건에서 오목하게 굽은 자리의 안쪽. 여기에서는 '무릎의 구부러지는 오목한 안쪽 부분'인 '오금'의 의미로 쓰임.
일심정기(一心正氣) 한결같은 마음과 바른 기운.

아마 두어 시간은 더 넘었으리라. 이놈이 필연코 올 텐데 안 오니 또 무슨 조활까. 이 짓이란 소문이 나기 전에 한 번 더 와 보는 것이 원칙이다. 잠을 못 자서 눈이 뻑뻑한 것이 제물에[•] 슬금슬금 감긴다. 이를 악물고 눈을 뒵쓰면[•] 이번에는 허리가 노글거린다. 속은 쓰리고 골치는 때리고. 불꽃 같은 노기가 불끈 일어서 몸을 욱죈다. 이놈의 다리를 못 꺾어 놔도 애비 없는 후레자식이겠다.

닭들이 세 홰를 운다. 멀리 산을 넘어오는 그 음향이 퍽은 서글프다. 큰비를 몰아드는지 검은 구름이 잔뜩 낀다. 하긴 지금도 빗방울이 뚝뚝 떨어진다.

그때 논둑에서 희끄무레한 허깨비 같은 것이 얼씬거린다. 정신을 빤짝 차렸다. 영락없이 성팔이, 재성이 그 둘 중의 한 놈이리라. 이 고생을 시키는 그놈! 이가 북북 갈리고 어깨가 다 식식거린다. 몽둥이를 잔뜩 우려쥐었다.[•] 그리고 벌떡 일어나서 나무줄기를 끼고 조심조심 돌아내린다. 하나 도랑쯤 내려오다가 그는 멈씰하여[•] 몸을 뒤로 물렸다. 늑대 두 놈이 짝을 짓고 이편 산에서 저편 산으로 설렁설렁 건너가는 길이었다. 빌어먹을 늑대, 이것까지 말썽이람. 이마의 식은땀을 씻으며 도로 제자리로 돌

제물에 저 혼자 스스로의 바람에.
뒵쓰다 '뒤어쓰다'의 사투리. 여기에서 '눈을 뒵쓰다'는 '눈알이 위쪽으로 몰려서 흰자위만 나타나게 뜨다'의 의미임.
우려쥐다 후려쥐다. 휘둘러서 주먹 안에 집어넣다.
멈씰하다 '멈칫하다'의 사투리.

아온다. 어쩌면 이번 이놈도 재작년 강도 짝이나 안될는지. 급시로 불길한 예감이 뒤통수를 탁 치고 지나간다.

그는 옷깃을 여미며 한 대를 더 붙였다. 돌연히 풍세는 심하여진다. 산골짜기로 몰아드는 억센 놈이 가끔 발광이다. 다시금 더르르 몸을 떨었다. 가을은 왜 이 지경인지. 여기에서 밤 새울 생각을 하니 기가 찼다.

얼마나 되었는지 몸을 좀 녹이고자 일어나 서성서성할 때이었다. 논으로 다가오는 희미한 그림자를 분명히 두 눈으로 보았다. 그러고 보니 피로고, 한고이고 다 딴소리다. 고개를 내대고 딱 버티고 서서 눈에 쌍심지를 올린다.

흰 그림자는 어느 틈엔가 어둠 속에 사라져 보이지 않는다. 그리고 다시 나올 줄을 모른다. 바람 소리만 왱, 왱, 칠 뿐이다. 다시 암흑 속이 된다. 확실히 벼를 훔치러 논 속으로 들어갔을 것이다. 여깽이 같은 놈이 궂은 날새를 기화 삼아 맘껏 하겠지. 의리 없는 썩은 자식, 격장에서 같이 굶는 터에……. 오냐 대거리만 있어라.

급시로 문맥상 '갑자기'의 의미임.
풍세(風勢) 바람의 세기.
한고(寒苦) 심한 추위로 인한 괴로움.
여깽이 '여우'의 사투리.
날새 '날씨'의 사투리.
기화(奇貨) 뜻밖의 이익을 얻을 수 있는 물건. 또는 그런 기회. 핑계.
격장(隔墻) 담을 사이에 두고 서로 이웃함.
대거리(對--) 상대편에게 언짢은 기분이나 태도로 맞서서 대듦. 또는 그런 말이나 행동.

이를 한번 부윽 갈아붙이고 차츰차츰 논께로 내려온다.

응칠이는 논께로 바특이 내려서서 소나무에 몸을 착 붙였다. 섣불리 서둘다간 낮의 횡액을 입을지도 모른다. 다 훔쳐 가지고 나올 때만 기다린다. 몸뚱이는 잔뜩 힘을 올린다.

한 식경쯤 지났을까, 도적은 다시 나타난다. 논둑에 머리만 내놓고 사면을 두리번거리더니 그제야 기어나온다. 얼굴에는 눈만 내놓고 수건인지 뭔지 헝겊이 가리었다. 봇짐을 등에 짊어메고는 허리를 구붓이 뺑소니를 놓는다. 그러자 응칠이가 날

쌔게 달려들며

"이 자식, 남우 벼를 훔쳐 가니!"

하고 대포처럼 고함을 지르니 논둑으로 고대로 데굴데굴 굴러서 떨어진다. 얼결에 호되이 놀란 모양이었다.

응칠이는 덤벼들어 우선 허리께를 내리조졌다. 어이쿠쿠, 쿠 하고 처참한 비명이다. 이 소리에 귀가 번쩍 띄어 그 고개를 들고 팔부터 벗겨 보았다. 그러나 너무나 어이가 없었음인지 시선을 치걷으며 그 자리에 우두망찰한다.

바특이 두 대상이나 물체 사이가 조금 가깝게.
횡액(橫厄) 뜻밖에 닥쳐오는 불행.
식경(食頃) 밥을 먹을 동안이라는 뜻으로, 잠깐 동안을 이르는 말.
봇짐 등에 지기 위하여 물건을 보자기에 싸서 꾸린 짐.
내리조기다 냅다 두들기거나 때리다.
치걷다 위로 걷어 올리다.
우두망찰하다 정신이 얼떨떨하여 어찌할 바를 모르다.

그것은 무서운 침묵이었다. 살똥맞은* 바람만 공중에서 북새를 논다.*

한참을 신음하다 도적은 일어나더니

"성님까지 이렇게 못살게 굴기유?"

제법 눈을 부라리며 몸을 홱 돌린다. 그리고 느끼며* 울음이 복받친다. 봇짐도 내버린 채

"내 것 내가 먹는데 누가 뭐래?"

하고 데퉁스러이* 내뱉고는 비틀비틀 논 저쪽으로 없어진다.

형은 너무 꿈속 같아서 멍하니 섰을 뿐이다.

그러다 얼마 지나서 한 손으로 그 봇짐을 들어 본다. 가뿐하니 끽* 말가웃*이나 될는지. 이까짓 걸 요렇게까지 해 가려는 그 심정은 실로 알 수 없다. 벼를 논에다 도로 털어 버렸다. 그리고 아내의 치마이겠지, 검은 보자기를 척척 개서 들었다. 내 걸 내가 먹는다. 그야 이를 말이랴. 하나 내 걸 내가 훔쳐야 할 그 운명도 얄궂거니와 형을 배반하고 이 짓을 벌인 아우도 아우이렷다. 에이 고얀 놈, 할 제 볼을 적시는 것은 눈물이다. 그는 주먹으로 눈을 쓱 비비고 머리에 번쩍 떠오르는 것이 있으니 두리두

살똥맞다 독살스럽고 당돌하다.
✤ 북새를 논다 부산하게 법석인다.
느끼다 서럽거나 감격에 겨워 울다.
데퉁스럽다 말과 행동이 거칠고 미련하다.
끽 겨우. 고작.
말가웃 한 말 반쯤의 분량.

리한˙ 황소의 눈깔. 시오 리를 남쪽 산속으로 들어가면 어느 집 바깥뜰에 밤마다 늘 매여 있는 투실투실한 그 황소. 아무렇게 따지든 칠십 원은 갈 데 없으리라. 그는 부리나케 아우의 뒤를 밟았다.

공동묘지까지 거반 왔을 때에야 가까스로 만났다. 아우의 등을 탁 치며

"얘, 존 수 있다. 네 원대로 돈을 해 줄게 나구 잠깐 다녀오자."

씩씩한 어조로 기쁘도록 달랬다. 그러나 아우는 입 하나 열려 하지 않고 그대로 실쭉하였다.˙ 뿐만 아니라 어깨 위에 올려놓은 형의 손을 부질없단 듯이 몸으로 털어 버린다. 그리고 삐익 달아난다. 이걸 보니 하 엄청이 나고 기가 콱 막히었다.

"이놈아!"

하고 악에 받치어

"명색이 성이라며?"

대뜸 몽둥이는 들어가 그 볼기짝을 후려갈겼다. 아우는 모로 몸을 꺾더니 시나브로˙ 찌그러진다. 뒤미처 앞정강이를 때렸다, 등을 팼다. 일지 못할 만치 매는 내리었다. 체면을 불고하고˙ 땅에 엎드리어 엉엉 울도록 매는 내리었다.

두리두리하다 둥글고 커서 시원하고 보기 좋다.
실쭉하다 어떤 감정을 나타내면서 입이나 눈이 한쪽으로 약간 비뚤어지거나 기울어지게 움직이다.
시나브로 모르는 사이에 조금씩 조금씩.
불고하다(不顧--) 돌아보지 아니하다.

홧김에 하긴 했으되 그 꼴을 보니 또한 마음이 편할 수 없다. 침을 뭬 뱉어 던지곤 팔자 드센 놈이 그저 그렇지 별수 있나. 쓰러진 아우를 일으키어 등에 업고 일어섰다. 언제나 철이 날는지 딱한 일이었다. 속 썩는 한숨을 후 하고 내뿜는다. 그리고 어청어청 고개를 묵묵히 내려온다.

■ 「조선일보」(1935. 7) ; 『원본 김유정 전집』(강, 2008)

어청어청 키가 큰 사람이나 짐승이 이리저리 천천히 걷는 모양.

만무방

●등장인물 들여다보기

응칠

집도 가족도 없이 자유분방하게 떠돌아다니는 부랑자입니다. 도박과 절도로 전과 4범이 된 후, 머무는 마을에서 불미스러운 일이 생기면 가장 먼저 의심받는 인물로 낙인찍혀 있기도 하지요. 또한 닭을 훔쳐 잡아먹거나 동생에게 황소를 훔치자고 제안하는 모습 등에서 볼 수 있듯이, 그 자신도 남의 물건을 훔치는 비도덕적 행위를 그리 꺼려 하지 않아요. 그러나 그가 본래 그러한 성향을 지녔던 것은 아닙니다. 원래는 아내와 아들, 집이 있는 성실한 가장이자 농사꾼이었지요. 과도한 소작료로 인해 지게 된 엄청난 빚을 감당하지 못하고 야반도주하여, 결국은 도박과 절도도 마다하지 않는 떠돌이 생활을 하게 된 것입니다. 그러나 그는 자신의 이러한 삶의 방식에 만족하면서 농사꾼의 처지에 대해 냉소적인 태도를 보입니다. 이처럼 그가 반사회적인 행위를 일삼고 유랑인으로 변한 것은 현실 사회의 모순, 즉 피땀 흘려 농사를 지어도 굶주림을 면할 길이 없는 절망적 상황에서 비롯된 것입니다.

응오

응칠의 동생으로 동네에서 알아주는 진실한 농군이자 모범 청년입니다. 그런데 추수 때가 되었는데도 벼를 베지 않고 그대로 방치

하고 있어요. 그 역시 과거의 형과 마찬가지로 소작에 따른 빚으로 지주와 빚쟁이에게 시달리고 있으며, 더구나 아내가 아픈데도 의원에게 보일 엄두도 못 낼 만큼 가난한 형편입니다. 올해는 흉작인 데다가 추수를 해 봤자 '지주에게 도지를 제하고, 장리쌀을 제하고, 삭초를 제하고 보니 남은 것은 등줄기를 흐르는 식은땀이 있을 따름' 자신에게 남는 것은 아무것도 없기에 자포자기하는 심정으로 자기가 농사지은 벼를 자기가 훔치는 절망적인 선택을 한 것이에요. 그는 부랑자 생활을 하는 형을 못마땅하게 생각하지만, 결국 그 자신도 자기 논의 벼를 자기가 훔치는 아이러니한 상황을 만들면서 그가 형과 같은 운명임을, 더 나아가서는 비극적 삶을 살아가던 당대 농민 중의 한 사람임을 보여 주고 있습니다.

● 작품 Q&A

"선생님, 궁금해요!"

Q 이 작품의 시간적, 공간적 배경은 어떻게 되나요?

A 작품에는 시간적 배경에 대해 추측할 만한 언급이 별로 없어요. 계절이 '가을'이라는 것만 밝혀져 있을 뿐이지요. 그럴 때에는

대개 작품이 발표된 당시를 시간적 배경으로 설정하고 있다고 보아야 해요. 이 작품은 1934년에 창작되었으니 1930년대를 시간적 배경으로 삼고 있다고 보면 되지요. 공간적 배경은 '산골'로 되어 있는데, 김유정 작품의 대부분이 작가의 고향인 강원도를 배경으로 하고 있으므로 이 작품도 강원도의 어느 농촌 마을로 보면 될 거예요. 논농사를 짓고 있으니 아주 산골짜기는 아니겠지요.

Q '만무방'은 응칠이를 두고 하는 말이겠지요? 그런데 소설은 왜 응칠이 같은 반사회적인 인물을 주인공으로 삼고 있나요?

A 응칠이는 전과 4범인데다가 성실하게 벌어서 생활하지 않고 도둑질과 노름을 일삼고 있으므로 정말 '염치가 없이 막된 사람'이라 할 만해요. 그런데 응칠이가 처음부터 만무방이었던 건 아니에요. 착실하게 살아 보려고 했으나 갈수록 빚만 늘어서 어쩔 수 없이 농촌을 떠났고, 그 뒤로 떠돌아다니며 살다 보니까 지금과 같은 만무방이 된 것이지요. 그러나 응칠이는 노름을 하면서도 자기 잇속만 챙기는 것이 아니라 돈을 잃고 애원하는 동료에게 돈을 나눠 주기도 하고, 동생 논의 벼 도둑을 잡기 위해 애쓰는 등 동생 응오를 생각하는 마음도 간직하고 있어요. 그러므로 소설의 주인공으로 부적절한 인물이라고 할 수는 없어요. 소설은 사실 마냥 착하기만 한 사람을 주인공으로 삼지는 않아요. 소설은 주인공이 이 세상을 돌아다니면서 이 세상이 어떠한 곳인지를 알아가는 과정을 담기도 합니다. 그러므로 세상이 돌아가는 이치를 탐구하고 깨달을 수 있을 만한 사람이 주인공이 되지요. 응칠이가 자신이 겪은 세상의 이

치를 확실하게 깨닫고 있는지는 분명하지 않으나, 그의 삶의 방식이 다른 농민들에게 일종의 부러움을 사고 있는 것을 보면, 나름대로 자신이 경험한 세상의 이치에 맞게 행동하려 하고 있음은 분명해요. 소설에서는 이렇게 반사회적인 성향을 지닌 인물을 통해 당시 사회의 문제를 제기하는 경우가 있답니다.

Q 진실한 농군이자 모범 청년인 응오가 왜 자신이 농사지은 벼를 베지 않다가 그 벼를 훔치는 행동을 하는 건가요?

A 작품에 '지주'가 등장하지요? 응칠이가 응오의 지주에게 가 올해는 농사가 흉작이니 도지를 좀 감해 달라고 요구했다가 거절당하자 지주의 뺨을 갈겼다는 내용이 나와요. 지주는 땅을 소유한 사람이고, 응오는 (그리고 이전의 응칠이도) 땅이 없어서 그 지주의 땅을 빌려 농사를 짓고 사는 사람이에요. 그래서 농사를 다 지어 추수를 한 다음에는 추수한 곡식의 일부를 '도지(소작료)'로 물어야 했지요. 그런데 당시에는 소작료가 매우 비쌌을 뿐 아니라 (거의 농사지은 곡식의 절반 정도를 물어야 했어요.) 소작인들은 소작료 외에도 지불해야 할 것들이 많았어요. 응오도 작년에 추수를 하고 보니, '지주에게 도지를 제하고, 장리쌀을 제하고, 삭초를 제하고 보니 남은 것은 등줄기를 흐르는 식은땀이 있을 따름'이어서 빈손으로 돌아왔다고 했지요. 현실이 이렇다 보니 농사지은 곡식이 일 년 양식으로 부족할 수밖에 없고 부족한 양식을 지주에게 빌려 먹은 후, 추수한 다음에는 아주 높은 이자까지 쳐서 물어야 했던 거예요. 그런데다가 응오의 아내는 병에 걸려 죽어 가고 있어요. 응오는 돈을 마

련해 병을 고쳐 주려 하지만, 올해에도 농사가 흉작이다 보니 추수를 해 봤자 작년처럼 남는 게 없을 것 같은 거예요. 그래서 자신이 농사지은 벼를 조금씩 훔쳐 내어 살아갈 방도를 찾는 거랍니다.

Q 형 응칠은 그래도 동생 응오를 생각하고 위하는 마음이 분명히 있는데, 동생 응오는 형 응칠의 물음에 대답도 잘 안 하고 형을 못마땅하게 여기는 것 같아요. 왜 그런 거지요?

A 작품에서도 응칠이가 응오를 찾아갔을 때, 응오가 응칠에게 말도 잘 안 하고 어뜩비뜩하는 것에 대해 응칠이가 모르는 바가 아니라고 하면서, 그 사정을 설명하고 있지요. 응오가 머슴살이를 3년이나 해 주고 찾아온 응오의 아내는 아파서 누워 있어요. 돈이 없어 의원에게 한 번이라도 변변히 보여 본 적이 없는데, 어떤 노인이 십오 원을 들여 산치성을 올리면 씻은 듯이 낫게 해 주겠다고 하자 응오는 응칠에게 돈을 좀 마련할 수 없느냐고 물어요. 그에 대해 응칠이는 치성 들여 나을 병이 아니라면서 예전에 계집 버리고 자신을 따라나서라고 했던 말을 다시 상기시키지요. 아내의 병을 고쳐 주고 싶어 하는 응오에게 응칠이 아내를 버리라고까지 말하니까 응오가 응칠을 못마땅하게 여기는 것이 당연할 거예요. 그런데 작품 전체를 보면 더 깊은 사정도 있어요. 응칠은 농사만으로는 살기가 어렵다는 걸 깨닫고는 농사를 그만두는 데 반해, 응오는 아직 농사에 매달려 있어요. 형과 달리 착실한 성격이지요. 아마도 응칠이 자신처럼 착실히 농사를 지으며 살아가지 않고 '만무방'으로 살아가는 데 대해서도 불만이 있을 거예요. 그런데 자신 역시 아무리 착

실하게 살아가려 해도 뜻대로 되지 않는 걸 점점 깨달아 가고 있어요. 그래서 자신이 농사지은 벼를 추수도 하지 않고 몰래 훔쳐 내고 있는 거겠지요. 자신이 옳지 않다고 생각하는, 형의 삶의 방식을 자신도 따라가지 않을 수 없음을 느끼면서 오히려 그에 대한 저항 심리로 형에 대해 못마땅하게 여기는 마음이 생기지 않았을까요?

Q 결국 이 작품은 착실하게 살아가는 것이 점점 어려워지는 당시의 농촌 현실을 고발하고 있는 건가요?

A 잘 보았어요. 빚 때문에 터 잡고 살던 농촌을 떠나 도박과 절도를 일삼는 응칠과 달리, 응오는 착실하게 농사지으며 살아가는 모범 청년이었어요. 그런데 작년에 추수를 하고 나서도 돌아오는 것은 빈 지게일 뿐이고 아내도 병에 걸려 죽어 가다 보니까 지금까지의 삶의 방식으로는 현실을 살아갈 수 없음을 깨닫습니다. 그래서 자기가 농사지은 벼를 자기가 훔치는 다소 우스꽝스러운 사건을 벌이며, 결국 응칠과 같은 '만무방'이 되고 말지요. 마지막 장면에서 응칠이 응오에게 소를 훔치자고 제안할 때 응오는 이를 거절하지만, 이미 벼를 훔친 이상 응오도 응칠의 길에 들어선 것이나 마찬가지예요. 형제가 같이 사회의 윤리에 위배되는 길로 들어선 거지요.

그러나 이 작품은 이들의 윤리적 타락을 이들만의 개인적인 문제로 돌리지는 않고 있어요. '내 걸 내가 훔쳐야 하는 그 얄궂은 운명'은 비단 이들만의 문제가 아니었던 거예요. 당시 많은 농민들은 자기 땅을 갖지 못하여 이들 형제처럼 비싼 소작료를 물며 농사를 지어야 했어요. 지주 계층은 직접 농사를 짓지 않으면서도 소작료를 거두어서 호의호식하는데, 농사를 짓는 농민들은 빈곤에서 벗어나지 못했지요. 결국 이 작품은 성실한 농민이었던 두 형제가 몰락해 가는 이야기를 통해, 일제 강점하의 착취 구조와 농촌의 부조리한 현실 속에서 만무방이 될 수밖에 없는 농민들의 가혹한 현실을 고발하고 있는 것입니다.

❋ 더 읽어 봅시다 ❋

일제 강점하의 비참한 현실에 대한 저항 의지가 드러난 작품

최서해, 〈탈출기〉 _일제 강점하에서 가난과 굶주림으로 고통받는 한 인물이 집을 탈출할 수밖에 없었던 이유를 편지 형식으로 서술함으로써 빈궁에 항거하는 반항적 주제를 내세우고 있다.

이기영, 〈고향〉 _일제 강점기의 부조리한 농촌 현실과, 계층(마름과 소작인) 간의 갈등 및 농촌 사회의 구조적 모순을 타파하기 위한 농민들의 투쟁 과정을 그리고 있다.

작가 소개

김유정(1908 ~ 1937)

토속적 이야기에 해학을 버무려 따뜻한 맛을 낸 작가

김유정은 1935년에 등단하여 1937년에 요절하기까지 약 3년간 단편 30여 편을 남겼다. 그의 작품은 대부분 자신의 고향인 강원도의 농촌 마을을 배경으로 하여 당시 농민들의 삶을 해학적으로 그려 내고 있다. 당시 국민의 대다수가 농민이었던 만큼 많은 작가들이 농민들의 삶을 작품화하였는데, 농민들을 계몽의 대상으로 삼거나 투쟁의 주체로 그려 낸 작품들이 많았다. 이광수와 심훈 등의 문학이 농민을 계몽의 대상으로 삼았다면, 카프 계열의 사회주의 작가들은 투쟁의 주체로서의 농민을 주로 형상화하였다. 그에 비해 김유정은 지식인의 입장에서 농민을 바라보는 시각을 버리고 농민 자신의 마음속으로 들어가 농민 자신의 말로 당시의 농촌 현실을 담아내었다.

그의 작품은 거의 대부분 농민 혹은 농촌으로부터 밀려나 주변의 산골로 혹은 도시로 유랑하며 떠도는 하층민들이 주인공이다. 당대 우리 농촌은 일제의 수탈과 근대화의 영향으로 과거의 공동체적인 성격을 잃고 해체되고 있었다. 김유정의 문학은 공동체적 성격이 상실되어 가는 농촌 현실을 더러는 해학적으로, 더러는 심각하게 그려 내었다. 〈만무방〉(1935)에서는 농촌에서 착실하게 농사를 지으며 살아가는 것이 점점 어려워지는 현실을, 농촌으로부터 밀려나는 두 형제의 얄궂은 운명을 통해 형상화하였다. 또한 〈금 따는 콩밭〉(1935)에서는 금점판으로 돌아다니는 친구의 꾐에 빠진 성실하고 우직한 농사꾼이 멀쩡하던 콩밭을 온통 파헤치며 금을 찾는 소동을 다룸으로써 당시의 금광열이 농촌을 어떻게 파괴하는지를 형상화하였다.

  이렇게 침통한 현실을 그리면서도 김유정의 작품들은 해학과 재미를 잃지 않고 있다. 〈봄·봄〉(1935년)에서는 머슴을 쓰는 대신 데릴사위를 들여 머슴처럼 부려 먹는 못된 장인과, 장인이 자꾸 성례를 미루자 참다못해 장인에게 대드는 사위 사이의 갈등을 해학적으로 그렸다. 그런데 장인이 지주를 대신하여 소작인들을 관리하는 '마름'이라는 직책을 가진 사람이므로 사실 이 작품은 교묘한 방식으로 농민들을 수탈하는 현실을 반영하고 있는 셈이다. 사춘기에 갓 들어선 농촌의 순박한 소년·소녀의 애정과 갈등을 해학적으로 그리고 있는 〈동백꽃〉(1936)에서도 소녀가 마름의 딸이고 소년이 소작인의 아들이어서, 계층의 격차로 인한 입장의 차이가 갈등을 심화시키는 데 기여한다. 그런데 이 작품은 사춘기 소년·소녀의 이야기를 다루고 있는 만큼 갈등을 더 심화시키지는 않고 두 주인공이 애정을 확인하는 장면을 서정적으로 그리는 것으로 결말을 짓고 있다.

김유정 작품의 또 하나의 특징으로 짙은 토속성과 향토성을 들 수 있다. 대부분의 작품이 향토성 짙은 시골을 배경으로 하고 있으며, 주요 인물들은 표준어가 아니라 생생한 지방의 구어, 사투리를 진하게 구사하고, 인물들이 살아가는 자연 환경을 묘사할 때에도 의성어나 우리 고유어를 풍부하게 구사하여 생동하는 느낌을 준다. 그러나 짙은 향토성을 띠면서도 김유정 문학은 편협한 향토주의에 빠지지 않는다. 향토주의란 그 지방(향토)의 특수한 성격만을 도드라지게 강조하는 것을 말하는데, 김유정은 배경과 인물을 향토에서 취하면서도 그 지방에만 국한되는 상황과 문제가 아니라, 다른 지방에서도 얼마든지 발견될 수 있는 보편적인 상황과 문제를 다루었다. 그래서 그의 작품에 등장하는 인물들은 폭넓은 공감을 살 수 있었다. 예컨대 〈동백꽃〉의 주인공들이 빚어내는 상황은 전혀 다른 환경에서 살아가고 있는 오늘날의 청소년들이 읽어도 얼마든지 자신의 문제와 연관하여 이해할 수 있는 것이다.

연보

1908년 _ 1월 22일, 현 강원도 춘성군 신동면에서 김춘식의 차남으로 태어남(2남 6녀 중 일곱째). 본관은 청풍. 아버지는 실레마을의 천석을 웃도는 지주였으며, 서울에도 백여 간이 되는 집을 가지고 춘천과 서울 양쪽에서 생활함. 어머니 심씨의 본관은 청송.

1915년 _ 어머니 돌아가심.

1916년 _ 보통학교 입학 때까지 서울집의 이웃 글방에서 4년 동안 한학을 공부함.

1917년 _ 아버지 돌아가심. 형의 주벽과 난봉(허랑방탕한 짓)으로 가산이 탕진되기 시작함.

1920년 _ 서울 재동 공립 보통학교에 입학함.

1921년 _ 3학년으로 월반함.

1923년 _ 재동 공립 보통학교(4년제)를 졸업하고, 휘문 고등 보통학교에 입학함. 소설가가 된 안회남과 같은 반으로 각별히 지냄.

1926년 _ 휘문 고등 보통학교 3학년을 마치고 휴학함. 가세가 기울어 이때를 전후하여 집을 줄여 가며 자주 거처를 옮김.

1927년 _ 휘문 고등 보통학교 4학년에 복학함.

1928년 _ 형 유근은 가산을 탕진하고 춘천으로 내려가고, 유정은 봉익동 삼촌 댁에 얹혀 지냄.

1929년 _ 휘문 고등 보통학교(5년제)를 졸업함. 판소리 명창 박녹주에게 열렬하게 구애하기 시작함. 치질 발병함. 둘째 누님 댁으로 거처를 옮김.

1930년 _ 연희 전문학교 문과에 입학했으나, 2개월이 좀 지나서 학칙

위반으로 제명 처분됨(더 배울 것이 없다는 생각에 자퇴했다고 전해지기도 함). 매형의 사주를 받고 유산 상속 문제로 형 유근을 고발했다가 취하함. 춘천에 내려와 지내다가 들병장수(병에다 술을 가지고 다니면서 파는 사람)들과 어울려 방랑 생활을 시작함. 늑막염이 발병되어 몸이 점점 쇠약해짐. 소설가 안회남의 권고로 소설 습작을 시작함.

1931년 _ 보성 전문학교에 입학했으나 학교에 다닌 흔적은 없음. 춘천 실레마을에서 야학당을 개설함.

1932년 _ 야학당을 금병의숙으로 개칭하고 간이 학교로 인가받음. 처녀작 〈심청〉을 탈고함.

1933년 _ 서울에 올라가 누이와 함께 생활함. 폐결핵 발병함.
〈산골 나그네〉, 〈총각과 맹꽁이〉를 발표함.

1934년 _ 누이는 밥장사를 하고 유정은 창작에 전념함.
〈정분〉, 〈만무방〉, 〈애기〉, 〈노다지〉, 〈소낙비〉를 탈고함.

1935년 _ 〈소나기〉가 「조선일보」 신춘문예 현상 공모에 1등으로 당선됨. 〈노다지〉가 「조선중앙일보」 신춘문예 현상 공모에 가작으로 입선함. '구인회'에 후기 동인으로 가입함.
〈금 따는 콩밭〉, 〈떡〉, 〈만무방〉, 〈산골〉, 〈봄·봄〉 등을 발표함.

1936년 _ 폐결핵과 치루가 악화됨. 정릉 골짜기의 암자, 신당동의 형수댁 등을 전전하며 투병함. 평론가 김문집이 병고 작가 원조 운동을 벌여 모금을 해 줌.
〈심청〉, 〈봄과 따라지〉, 〈가을〉, 〈두꺼비〉, 〈동백꽃〉, 〈옥토끼〉, 〈정조〉, 〈슬픈 이야기〉 등을 발표함.

1937년 _ 신병이 악화되어 경기도 광주에 사는 다섯째 누이 유홍의 집으로 거처를 옮김.

3월 29일, 세상을 떠남. 화장하여 그 재를 한강에 뿌림.
〈따라지〉, 〈땡볕〉, 〈연기〉, 〈정분〉 등을 발표함.

사후

1938년 _ 단편집 『동백꽃』(삼문사)이 발간됨.

1968년 _ 『김유정 전집』(현대문학사)이 발간됨.

춘성군 의암 호반에 '김유정 문인비'가 건립됨.

'김유정 기념 사업회'가 발족됨.

1978년 _ 춘성군 실레마을에 '김유정 기적비'가 건립됨.